Pindar, E. Härter

Die zweite Olympische Ode Pindar's

Antigonos

Pindar, E. Härter

Die zweite Olympische Ode Pindar's

Unveränderter Nachdruck der Originalausgabe von 1870.

1. Auflage 2024 | ISBN: 978-3-38637-079-0

Antigonos Verlag ist ein Imprint der Outlook Verlagsgesellschaft mbH.

Verlag: Outlook Verlag GmbH, Zeilweg 44, 60439 Frankfurt, Deutschland, info@outlook-verlag.de
Vertretungsberechtigt: E. Roepke, Zeilweg 44, 60439 Frankfurt, Deutschland
Druck: Libri Plureos GmbH, Friedensallee 273, 22763 Hamburg, Deutschland

Programm

des Gymnasiums zu Stendal,

mit welchem

zu der öffentlichen Prüfung und den mit ihr verbundenen Declamationen,

Montag, den 11. April, Vormittags 9 Uhr und Nachmittags 2 Uhr,

so wie zu dem

öffentlichen Abiturienten-Redeactus,

Dienstag den 12. April, Nachmittags 2 Uhr,

ehrerbietigst einladet

der Director Dr. Krahner.

Inhalt:

1. Die zweite Olympische Ode Pindar's, übersetzt und erklärt von dem Gymnasiallehrer E. Härter.
2. Schulnachrichten vom Director.

Stendal 1870.
Druck von Franzen & Große.

Ueber das 2. Olympische Siegeslied Pindars.

Der in Ol. II gefeierte Sieger ist Theron, Herrscher von Agrigent. Ueber ihn und seine Familie schicke ich zum Verständnisse des Gedichts Folgendes vorauf. Therons Geschlecht geht zurück bis auf Kadmus, dessen Sohn Polydorus (Hes. Theog. 978) Vater des Labdakus ist (Pauf. IX, 5, 2), nach welchem die Labbakiden benannt sind: Laius, Oedipus, Polyneikes. Letzterer vermählte sich mit Argia, der Tochter des Abrastus, von welchem die Familie der Abrastiden ihren Namen hat. Von Polyneikes stammt Thersander (Schol. zu v. 76 u. 80), von diesem Tisamenus, dessen Sohn ist Autesion (Herod. IV, 147. Schol. zu v. 82). Dieser zog auf Weisung des Orakels von Theben nach Sparta (Pausan. IX, 5, 8); von hier führte sein Sohn Theras, wie Herodot in der oben citirten Stelle berichtet, eine Colonie nach der Insel Thera (Pauf. III, 1, 7); von seinen Enkeln, den Söhnen des Samus, blieb der eine, Namens Klytius, auf Thera, der andere, Telemach, begab sich nach Rhodus, von wo seine Nachkommen ein Bürgerzwist auszuwandern nöthigte (Schol. zu v. 82. Böckh, Explicatt. Pind. p. 115 sqq.). So kam diese Familie nach Sicilien und gründete Gela, von welcher Dorischen Colonie aus 580 a. Chr. (Hermann, Gr. Alterth. I § 55. Thucyd. VI, 4) den Grund von Akragas Emmeniden legten d. h. Nachkommen des Emmenides, Enkels des Telemach, Vaters des Aenesidamus, dessen Söhne sind Theron und Xenokrates. (O. Müller, Orchom. S. 338. Schol. O. III, 18. P. IV, 5[1]). Die Colonie blühte bald mächtig empor, theils unter der Thrannis des Phalaris, dessen Grausamkeit seiner Herrschaft schnell ein Ende setzte, theils unter der gerechten und milden Regierung des Theron, welchem im Jahre 488 gelang, wonach sein Vater ohne Erfolg gestrebt hatte, Thrann von Akragas zu werden. Er erweiterte die Herrschaft dadurch, daß er Himera nach Vertreibung des Terillus einverleibte; ihr Ansehn aber und ihren Wohlstand begründete er durch den glänzenden Doppelsieg, welchen er, verbündet mit Gelon, damaligem Herrscher von Syrakus, und dessen Brüdern, im Jahre der Salaminischen Schlacht über die von dem vertriebenen Thrannen zu Hülfe gerufenen Carthager am Flusse Himera errang (Herod. VII, 165). — Wie aber des Theron Vorfahren von Kadmus an vielfaches Leid erbuldeten, bis sie nach langen Irrfahrten Siciliens Eiland erreichten, so brachten auch auf der Insel selbst Streitigkeiten mit Hieron von Syrakus und Familienzwist schwere, leidvolle Zeiten über das Haus. Diese Verhältnisse hat Böckh, Explicatt. ad O. II p. 118 sqq. erschöpfend behandelt. In der Kürze Folgendes: Therons Tochter, Damarete, war dem Gelon, dem Bundesgenossen vom Himera, vermählt. Bei seinem Tode übergab dieser seinem jüngern Bruder Polyzelus Heer und Frau. Hieron, der ältere, überkam die Thrannis bis zur Volljährigkeit des von Gelon hinterlassenen, unter des Polyzelus Schutz gestellten Sohnes. Absichtlich war Letzteres

---

1) Ich citire aus Ol. II nach M. Schmidt, sonst nach Dissen.

von Gelon so geordnet, weil er dem Hieron, mit welchem er um die Sicilische Herrschaft gestritten hatte, nicht traute (Schol. P. I, 91. Böckh zu O. XII Einleitung). Dieser Umstand aber und die Vermählung Therons mit einer Tochter des Polyzelus trübte das gute Verhältniß zwischen beiden Brüdern und den beiden Herrschern; ja des Hieron Argwohn trieb ihn zur Feindseligkeit gegen Polyzelus, zumal er dessen Ansehn auf Sicilien im Zunehmen sah: endlich floh dieser vor des Hieron Intriguen zum Theron nach Agrigent, dessen Sohn Thrasydäus ihm Hülfe versprochen hatte. So kam es zur offenen Feindseligkeit zwischen Hieron und Theron, welcher sich des verfolgten Polyzelus annahm; zu gleicher Zeit erhoben sich auch die Himerenser unter den Vettern des Theron, Kapys und Hippokrates, gegen die grausame Herrschaft des Thrasydäus und suchten bei Hieron Hülfe. Schon standen die Heere am Flusse Gela kampfgerüstet gegenüber, als es dem Lyriker Simonides gelang, die Parteien zu versöhnen. Hieron vermählte sich, um den Frieden zu festigen, mit der Tochter des Xenokrates; die Vettern wurden bei Himera besiegt, die Stadt genommen. — Damit schloß das Leid; vergessen machte es Siegesfreude: Theron trug zu Olympia mit dem Viergespanne den Sieg davon.

Zweites Olympisches Siegeslied[1]).

Theron, dem Agrigentiner, Sieger mit dem Wagen.

Str. 1. Gesänge, der Laute Herrscher,
    Welchen der Götter, Heroen erhebt ihr, welchen der Sterblichen?
    Traun Pisa schützt Zeus, Hercules war Ordner des Fest's
    Einst zu Olympia von den Erstlingen des Kriegs.
  5. Theron aber, dem Sieger im Viergespann, ertöne laut
    Das Lied, der bewirthet fromm den Gast, Akragas'
    Schirm und starker Säule, dem herrlichen
    Sprößlinge edler Ahnen, Horte der Stadt.
Gstr. 1. Nach vielem Herzleid umfing sie
  10. Hier am Gestade der heilige Ort; Trinakria zierten sie,
    Ein strahlend Aug', und glückliche Zeit brachte des Stamm's
    Tugend mit Reichthum und Wohlgedeihn glänzendes Loos.
    O Kronide, o Rheas Sohn, der du waltest im Olymp,
    Am Alpheiasstrand die Krone der Spiele schirmst,
  15. Durch mein Lied erheitert, bewahre noch
    Künftiger Sippe gnädig ihnen zu Lieb
Ep. 1. Der Väter Land. Alles Geschehene,
    Ob die That gerecht, ob ungerecht, vermag keine Macht zwar
    Ungescheh'n zu machen, auch die Zeit nimmer, die allmächtige.
  20. Doch wenn bei uns Glück einzieht, können wir vergessen;
    Denn schwer grollend ersterben die Leiden dann,
    Uebermannt von starken Freuden,

---

1) Zu Grunde gelegt ist das von M. Schmidt. Pindars Olymp. Siegesgesänge S. LIII u. LIV, aufgestellte Metrum mit der einzigen Abweichung, welche zu Gunsten der Uebersetzung eintreten mußte, daß die Schlußlänge des 2. Kolon an den Anfang des 3. gesetzt ist. — Benutzt sind die Uebersetzungen von Donner und M. Schmidt.

Str. 2. Wenn hoch erhebt Gottes Fügung
    Unsres Glücks Wage, des großen. Es beweiset sich des Wortes Sinn
25. An Kadmus' Töchtern auf schönem Thron: groß war ihr Leid,
    Doch vor noch größrer Lust sank hin die drückende Last.
    Vom Blitzstrahle getödtet, dem prasselnden, lebt Semele
    Mit lang wallendem Haar in Olymps Göttersitz;
    Es liebt stets sie Pallas, auch Vater Zeus
30. Inniglich und der Epheu tragende Sohn.
Gstr. 2. Auch geht die Mähr, Ino lebe,
    Drunten im Pontus, den meergebornen Nereiden zugesellt,
    Ein unvergänglich Leben in alle Ewigkeit. —
    Wann der Tod setzt das Ziel, wissen ach! Sterbliche nicht;
35. Auch nicht, ob wir in Wonne, die nimmer getrübt, ruhevoll
    Den Tag endigen, der Sonne Kind. Wechselvoll
    Drängt heran die Woge des Glücks, die bald
    Freude, bald Leiden über Sterbliche bringt.
Ep. 2. So führt das Loos, das von den Ahnen aus
40. Treu bewacht des Hauses Heil, mit Segen, den Gott gespendet,
    Leid auch herbei, das in andrer Frist wieder ihm den Rücken kehrt;
    Seit auf dem Kreuzwege dort tödtete den Laius
    Oedipus, der verhängnißvoll Pyth'schen Spruch,
    Den uralten, dort erfüllte.
Str. 3. 45. Mit scharfem Blick sah's Erinnys,
    Und seine Söhne, die tapferen, erwürgte sie im Wechselmord;
    Es blieb zurück nach des Polyneikes Untergang,
    Ruhmvoll im Jugendstreit, wie in der Schlachten Gewühl,
    Thersander, der ein rettender Sprosse war dem Haus Adrast's.
50. Von dem Stamme aber leitet her sein Geschlecht
    Des Aenesidamos Sohn, dem 's mir ziemt
    Siegsgesang zu der Saiten Klange zu weih'n.
Gstr. 3. Den Siegespreis hat zu Pisa
    Selbst er gewonnen, auch kröneten dem Bruder, welchem gleiches Loos,
55. Das Siegsgespann zu Delphi und auf Isthmischer Bahn
    — Zwölfmal umflog's den Kreis — gnädig die Charitinnen. —
    Wer Kämpfe aber wagt und siegt, machet das Herz sorgenfrei.
    Doch nur Reichthum, der gepaaret mit Tugend glänzt,
    Weckt ein feurig Ringen, tief ernst, in uns,
60. Führt zum Erfolge Manches, herrlicher Lohn!
Ep. 3. Hell strahlt er, ein Stern; er, des Menschenkinds
    Wahrste Leuchte, und wer ihn besitzt, gedenkt wohl der Zukunft:
    Wie immer der Frevler, wenn das Diesseits er verließ, ungesäumt
    Die Strafe büßt; denn gar streng richtet Einer drunten

65. Die Frevel, die geschah'n im Zeusreich; er fällt
    Seinen Spruch mit grausem Zwange.
Str. 4. Den Frommen lacht, wie am Tage,
    Sonniges Licht auch Nachts immer; sie genießen ihre Zeiten dort
    In müheloserm Leben: mit der nervigen Hand
70. Furchen sie nicht das Land, nicht des Meers wogende Flut
    Ob kärglichen Erwerbes; nein, von der ew'gen Götter Schaar
    Geehrt, bringen hin ihr Leben sie thränenlos,
    Weil sie Freude hatten an Eidestreu.
    Aber die Frevler dulden grausige Qual.
Gstr. 4. 75. Doch wem geglückt sein Bestreben,
    Dreimal hinieden und drunten auch die Seele von Betruge rein
    Zu wahren, der wallt Jovis Pfad hin zu Saturn's
    Hoher Burg: dort umweht Oceans säuselnde Luft
    Der Seligen Gestade, dort leuchtet es wie Blumengold
80. Am Festlande von der strahlenden Baumeshöh';
    Blumen nährt die Quelle; ihr Kranzgeflecht
    Winden sie festlich sich um Arme und Haupt
Ep. 4. Nach gradem Spruch, den Rhadamanthys fällt;
    Er ja ist 's, der Vater Kronos stets bereit Hülfe leistet,
85. Ihm, der Rhea Gatten, welche thront mächtiger als Alle sonst.
    Zu dieser Schaar zähl' hinzu Kadmus auch und Peleus;
    Achill führte die Mutter ein, als sie einst
    Zeus gerührt das Herz mit Flehen:
Str. 5. Den Hector, die Säule Trojas,
90. Mächtig und wandellos fällte er, den Kyknos in den Tod er sandt',
    Auch Memnon aus Aethiopien. — Der flinken Geschoß'
    Fasset noch viele mein Köcher mir unter dem Arm,
    Nur Klugen zu verstehen, Ausleger bedarf blöder Sinn.
    Vieles wissen von Natur, das ist Weisenart;
95. Doch die lernten, schreien wie 's Rabenvolk
    Beide in Hast geschwätzig Nichtiges aus
Gstr. 5. Hinauf zu Zeus' hehrem Vogel.
    Auf! zu dem Ziele, Herz, lenke hin den Bogen! aber wen erreicht,
    Aus stiller Brust wiederum entsendet, das Geschoß
100. Ruhmesvoll? Akragas, zweifelt nicht, ist unser Ziel.
    Ja, aufrichtigen Sinns, beschwöre ich es und rufe laut:
    Nie hat hundert Jahre lang die Stadt einen Mann
    Gezeugt, welcher tiefer für Freundesglück
    Fühlte, und dessen Hand wohlthätiger war,
Ep. 5. 105. Als Theron. — Doch Frevel griff an das Lob,
    Der das Rechte flieht: es ist ja Bubenart, laut zu lästern;

Thoren, sie zieh'n gern in Dunkel, was Edles geschafft edler Sinn. —
Denn wie der Sand, Korn für Korn, nimmer ist zu zählen,
So auch, wer mag dir nennen der Wonnen Zahl,
Die der Mitwelt er bereitet?

Therons Sieg fällt sowie die Abfassung des Gedichts nach Böckh und Andern in die 76. Olympiade; denn die folgende, welche in den Scholien ebenfalls angeführt wird, kann nicht in Betracht kommen, da Theron im 4. Jahre der 76. Olympiade gestorben ist. Auch an Ol. 75 ist nicht zu denken, da die Streitigkeiten zwischen Theron und Hieron, welche zur Zeit der Abfassung des Gedichts als beigelegt angenommen werden müssen (v. 7 wird Theron ἔρεισμα Ἀκράγαντος, v. 8 ἄωτος ὀρϑόπολις genannt; v. 17—19 weisen die Leiden in die Vergangenheit zurück; v. 57 ebenso; die Worte v. 105: ἀλλ' αἶνον ἐπέβα κόρος stellen auch den Streit mit den Vettern als vergangen dar), nicht vor Ol. 75, 4 zu setzen sind. Da aber der agrigentinische Herrscher nur einmal, sein Bruder Xenokrates nach den Scholien zu J. II, 18 überhaupt nicht zu Pisa gesiegt hat, muß der Dichter den in unserer Ode gefeierten Sieg meinen, wenn er J. II unter den Siegen der Vorfahren des Thrasybulos auch einen Olympischen erwähnt, v. 27 und 28:

Ὀλυμπίου Διὸς ἄλσος·
ἵνα ἀϑανάτοις Αἰνησιδάμου
παῖδες ἐν τιμαῖς ἔμιχϑεν.

Des Xenokrates Siege auf dem Isthmus, in Krisas Ebene und zu Athen lassen den Dichter auch an des Bruders Olympischen Kranz denken; statt aber diesen allein durch den Sieg verherrlicht zu nennen, redet er, da ja die Glorie sich über die ganze Familie verbreitet, von des Aenesidamus Söhnen als solchen, welche unvergängliche Ehren zu Olympia geerndtet haben. Es ergiebt sich aber ferner aus der angezogenen Ode, daß der Wagenlenker Nikomachus, welcher für Xenokrates mit geübter Hand zu Athen die siegreichen Rosse lenkte, vorher auch Theron zum Olympischen Siege verholfen hatte. Dem widerspricht nicht O. II, 53: Ὀλυμπίᾳ μὲν γὰρ αὐτὸς γέρας ἔδεκτο, denn αὐτός steht im Gegensatze zu ὁμόκλαρον ἐς ἀδελφεόν. In Bezug auf J. II, 19--28 bemerke ich: Der Name des Nikomachus und die Notiz über sein Verhältniß zu den Eleischen Zeuspriestern vermitteln des Xenokrates Sieg an den Panathenäen und des Theron zu Olympia; denn daß Pindar von einem Attischen Siege redet, darauf weisen die κλειναὶ Ἐρεχϑειδᾶν χάριτες und die rühmliche Erwähnung der Geschicklichkeit des Nikomachus hin, welche hier nicht allgemein gezeichnet, sondern nur für diesen einen Fall speciell hervorgehoben wird (ἐμέμφϑη, νεῖμε). Vorher hatte er sie schon zu Olympia bewiesen, wo er in den Armen der Nike ruhte. Die Bekanntschaft mit den Zeuspriestern muß er bei diesem Aufenthalte in Pisa gemacht haben; als sie ihn wiedererkannten in Athen, wohin sie als Herolde des Kroniden kamen, um die Zeit der großen Spiele zu verkündigen, begrüßten sie ihn freund= lich, ihn, der auch in ihrem Lande früher siegreich gekämpft hatte. Wo aber ihre gastliche Aufnahme von Seiten des Nikomachus, welche Pindar als Grund des ἀσπάζεσϑαι ἀδυπνόῳ φωνᾷ anführt, stattgefunden, ist schwer zu bestimmen. Auch ist es eine bloße Hypothese, wenn einige Erklärer den Sieg des Nikomachus und der Priester Ankunft in Athen der Zeit nach zusammenfallen lassen (Ol. 77, 1). Das Eine läßt sich mit Bestimmtheit annehmen, daß der Attische Sieg des Xenokrates später fällt als der Therons zu Olympia; sonst hätte wohl auch Pindar in O. II neben Xenokrates' Pythischen und Isthmischen den Attischen gestellt. Der Pythische, gefeiert in P. VI, fällt nach den Scholien bereits in die 24. Pythiade d. h. in das 3. Jahr der 71. Olympiade, der Isthmische, von Simonides besungen, noch früher. — Uebrigens war Pindar zur Zeit der Abfassung von O. II in Griechenland (v. 100: ἐπί τοι Ἀκράγαντι τανύσαις). Notizen über Sicilische Zustände (Agrigent und Syrakus) erhielt er von Therons Verwandten, welche mit dem Wagen nach Olympia gekommen waren. Was endlich die Frage über den Charakter des Liedes betrifft, so ist die Ansicht, welche Hartung in seinem Commentare aufstellt, O. II sei ein Loblied auf den König Theron, ein sogenannter Päan, O. III aber das eigentliche Lobgedicht auf den Olympischen Sieg, durchaus nicht zu billigen. Daß die 2. Olympische Ode ein Siegeslied ist, geht deutlich genug hervor aus v. 5; auf den Sieg deutet Pindar ferner hin v. 14 und 15, wenn er Zeus den Hort der Kampfspiele nennt; v. 51—53, da er aus der mythischen Vorzeit in die Gegenwart zurückkehrt, giebt er gradezu als Grund für Therons Verherrlichung im Liede den Umstand an, daß er in Olympia das γέρας empfing; v. 56 und 57: τὸ δὲ τυχεῖν πειρώμενον ἀγωνίας παραλύει δυσφρόνων. Also von einer nur beiläufigen Erwäh= nung des Sieges, wie Hartung meint, kann wohl nicht die Rede sein. Gewöhnlich weist der Dichter nur am Anfange und nach dem mythischen Theile kurz auf denselben hin, wie überhaupt Kürze und Abgebrochenheit zu den Eigenthümlichkeiten seiner Poesie gehören, welche sich zum Gesetze macht, die mannichfaltigsten Gedanken in schnellem Wechsel folgen zu lassen.[1] Nur selten giebt daher Pindar Näheres über den Sieg an, z. B. N. VII, 72 und 73, wo er vom Aegineten Sogenes sagt, er habe ungeschwächt Nacken und Kraft aus den Kämpfen entrückt, bevor die sengende Sonne die Glieder überfiel.[2] Es kommt ihm hier darauf an, den Sogenes als glorreichen Sieger darzustellen, theils zur Motivirung, warum er ihm schwört, daß er den Neoptolemus im Päan nicht beleidigt habe, warum es ihm nicht gleichgültig ist, was er von ihm hält[3], theils um zu begründen, daß demselben ein besonders herrlicher, ein äußerst kostbarer und dauerhafter Kranz zukommt, wie er ihn nachher windet aus Gold, Elfenbein und der Lilienblume, herausgehoben aus des Meeres Than. — In der 3. olympischen Ode wünscht sich der Dichter (v. 1—4)

Den Beifall Helenas und der Tyndariden,
Wenn er zum ew'gen Ruhme Agrigents
Im Siegeshymnus auf Olympia
Des Theron feurig Viergespann verherrlicht.[4]

In der 1. Gegenstrophe nennt er das Verherrlichen Therons im Liede eine theure Schuld, welche zu entrichten ihm der Siegeskranz verpflichte. Nachdem er dann im mythischen Theile den Ursprung der Oelbäume Olympias erörtert, von denen der Kranz genommen ist, kommt er von Neuem auf die Siegesherrlichkeit Therons, ein Geschenk der huldvollen Tyndariden, zurück. Daher trete ich der Ansicht bei, daß beide Gedichte Epinikien sind, O. II aber zur häuslichen Feier, O. III für die öffent= liche Aufführung an den Theoxenien, dem Dioskurenfeste in Agrigent (Böckh Einleitung zu O. III, p. 135; v. 5: φωνὰ ἀγλαόκωμος; v. 34: ταύταν ἑορτάν), bestimmt war.

Gedankengang mit genauer Bestimmung der Uebergänge. Einen Lobgesang will der Dichter anstimmen dem Olympiasieger Theron, dem gerechten und wohlthätigen Herrscher, dem Schirm= herrn und Förderer Agrigents, dem Sproß eines edlen Geschlechts. Nach vielen Leiden kam dieses nach Akragas, wo es Siciliens Zierde und Schutz war; das Hinzutreten des Reichthums und Thaten=

---

1) Rauchenstein, Einleitung in Pindars Siegeslieder S. 45.
2) ὅς ἐξέπεμψας lese ich nach dem Vat. mit Hartung und Rauchenstein, Philol. 1858, Heft 3.
3) Mezger in den Jahrbüchern für Phil. und Päd. 1866, S. 112.
4) So übersetzt M. Schmidt.

ruhms zu den angestammten Tugenden machte das Glück vollständig (v. 1—12). Die specielle Beziehung auf Theron ist hier nicht zu verkennen; denn er ist tugendhaft, er hat Reichthum, er hat gesiegt. Er wird aber durch die Schilderung des hohen Glückes der Emmeniden unwillkürlich an die jüngsten Vorgänge erinnert, welche seine Herrschaft bis auf den Grund wankend gemacht, also sein Glück tief erschüttert hatten. Und dieser Gedanke veranlaßt den Dichter um so mehr, was an und für sich schon in einem Olympischen Liede Brauch ist, an den Olympischen Zeus, welcher eben erst in Pisa dem Theron seine Huld bewiesen, die Bitte um Heil und Segen für das kommende Geschlecht zu richten (v. 13—16).

Zum mythischen Theile leiten über v. 17—23.

Die Sentenz: Geschehenes kann keine Macht ungeschehen machen, aber vergessen lassen das Leid glückliche Tage, soll Theron, welchen der, wenn auch verdeckte Hinweis auf die leidvolle Zeit mit Bekümmerniß erfüllt hatte, trösten. Was du, sei es auch unrechter Weise, gelitten hast, sagt der Dichter, ist unmöglich rückgängig zu machen; indeß dein blühend Glück bringt es in Vergessenheit. Aber nicht dich allein trifft dieses Loos, der Wechsel von Leid und Freude; dieses ist allen Sterblichen verhängt; deine Vorfahren, die Kadmiden, Labdakiden, Abrastiden, waren diesem Gesetze ebenso unterworfen, wie dein Geschlecht, wie du es bist.

v. 24—52: Mythischer Theil, in welchem Pindar das wechselvolle Loos der Ahnen Therons in kurzen Zügen vorführt. Die Kadmiden v. 24—33. Von den vier Kadmustöchtern sind nur zwei, Semele und Ino, namentlich aufgeführt, weil sie nach den Leiden zu größeren Freuden erhöht wurden, zur Unsterblichkeit, jene im Olymp, geliebt von Zeus, Pallas, Bacchus, diese drunten im Meere neben des Nereus Töchtern. Auf πῆμα die χάρματα. — Es folgen von Neuem Sentenzen, welche den Uebergang zu den Labdakiden vermitteln v. 34—41. Die Kadmustöchter sind unsterblich, also leben sie den βίος ἄφϑιτος; die βροτοί aber — auf diesem Begriffe liegt der Ton (γέ) — müssen sterben, doch das Wann ist unbekannt. Sie wissen nicht einmal, ob sie den Tag, welcher sonnig beginnt, ohne Leid verleben werden; denn mannichfach sind die Strömungen von Freud und Leid, welche gegen Sterbliche herankommen. Im Allgemeinen derselbe Gedanke wie oben, aber während in den auf die Kadmiden überleitenden Versen der Dichter im Hinblick auf die Kadmustöchter den Hauptton legt auf die Freuden, welche das Leid vertreiben, (daher die Häufung der Begriffe: πότμος εὐδαίμων, ἐσϑλὰ χάρματα, ὄλβος, κρέσσονα ἀγαϑά, die Voranstellung der Worte: ζώει ἐν Ὀλυμπίοις in der Ausführung des Gedankens, daher am Schlusse: φιλεῖ Πάλλας, Ζεύς, φιλεῖ παῖς, während die Leiden der Semele in ἀποϑανοῖσα κεραυνοῦ βρόμῳ nur kurz erwähnt, das der Ino durch ἐν ϑαλάσσᾳ kaum angedeutet, die Unsterblichkeit aber, in welche sie einging, durch βίος ἄφϑιτος und τὸν ὅλον ἀμφὶ χρόνον verherrlicht ist,) so ist ihm die Art der Leiden in der Labdakiden Hause, Mordthaten, deren erste der Sohn am Vater verübt, deren andere Brudermord ist, das Motiv zur Hervorhebung des wechselvollen Menschenlebens, welches der Tod schließt; daher ἔκτεινε, ἔπεφνε an betonter Stelle. — v. 42—46: Labdakiden. Schweres Leid folgte auf glückliche Tage, seitdem jener verhängnißvolle Sohn den Vater tödtete; es gaben sich den Tod, von der Erinnys getrieben, die Brüder im Wechselmord. Auf εὐϑυμίαι πόνοι, auf ὄλβος ϑέορτος πῆμα. — Des Polyneikes Sohn Thersander und seinen Nachkommen erblühte wieder ein freundlicheres Loos; die Abrastiden (v. 47—49). Darauf die Emmeniden, Theron (v. 50—52).

Dem mythischen Theile folgt nochmaliger Preis des Siegers: v. 53—57. Auch durch Xenokrates' Siege in Krisas Ebene und auf Korinthus' Landenge ist das Haus hoch verherrlicht. Wem aber Anstrengungen um den Sieg im Agon glückten, den verläßt Bekümmerniß und Mißmuth, den erfüllt Freude. Also dich, Theron. Wiederkehr des Gedankens in v. 18.

Didaktischer Theil (v. 58—90): er behandelt das Dogma von der Vergeltung im Leben nach dem Tode. Uebergang v. 58—62: Zum Siege bietet die Mittel der πλοῦτος; die ἀρεταί aber wecken das Streben nach Schönem, geben Muth und lassen vielfach gelingen, was einer erstrebt. Daher ist der Reichthum, mit Tugenden geziert, ein glänzender, auch seinen Besitzer zierender Stern, wie er dich, Theron, durch Förderung zum Siege vor Andern auszeichnet; er ist den Menschen eine strahlende Leuchte: das Wichtigste aber, der tugendsame Reiche kennt wohl die Zukunft, d. h. weiß wohl, daß nach dem Tode ein strenges Gericht über Frevler und Gerechte folgt, und wendet in vollem, stets wachem Bewußtsein dessen den Reichthum an. So lebst du, Theron, vermöge der ἀρεταί des Looses nach dem Tode eingedenk: du birgst nicht geizig deine Schätze, sondern gebrauchst sie auf eine den Göttern wohlgefällige, sie ehrende Weise, nicht blos zu agonistischen Zwecken, sondern zur Ausübung der Gastfreundschaft in höchster Menschenfreundlichkeit. — Nach kurzem Hinweise auf das Gericht (v. 63—66) glanzvolle Schilderung des Lebens der Frommen theils im Hades (v. 67—73), theils auf der Seligen Inseln, wo Kronos im Vereine mit Rhadamanthys herrscht (v. 75—85), wo Kadmus, Peleus und der tapfere Achill weilen (v. 86—90). (In v. 74 ist mit wenigen Worten auf die schreckliche Strafe hingewiesen, welche die Frevler erwartet).

Hier bricht die Schilderung der elysischen Herrlichkeit ab; von der Betrachtung der zukünftigen Dinge kehrt Pindar zur Gegenwart zurück. Doch, singt er, ich breche jetzt ab, nicht als wüßte ich über dieses Thema nichts weiter zu sagen (πολλά μοι βέλη), noch als wäre ich in der Begeisterung zu Fremdartigem abgeschweift, als hätte ich unmotivirte Gedanken vorgebracht, sondern weil ich ausgesprochen habe, was in meinem Plane lag. Allerdings giebt es Viele, welche dem Fluge meiner Poesie zu folgen, meine befiederten Gedanken zu fassen nicht im Stande sind (βέλη φωνᾶντα συνετοῖσιν· ἐς δὲ τὸ πὰν ἑρμηνέων χατίζει). Nicht viele also begreifen, wozu jene Schilderung des Lebens der Seligen, wozu die Anführung einzelner Heroen, deren jeder in seiner Weise sich durch ἀρετᾷ auszeichnete, als Bewohner jenes Elysium. Nur die συνετοί wissen, welches das Ziel dieser Geschosse ist. Doch, fährt er fort, nicht jeder Dichter ist befähigt, Gedanken, welche über das Verständniß der Menge hinausgehen, seinen Dichtungen einzufügen, das vermag nur der σοφός. Weise aber, d. h. ein wahrer Poet ist, wer von Natur Dichter ist. Die Beiden, meine Rivalen an Hierons Hofe, welche die Dichtkunst angelernt haben, schreien, dem großen Haufen gleich, gegen mich wie Raben gegen den Adler, können mir aber auf meiner Höhe nichts anhaben. Jetzt nun will ich noch einmal den Bogen richten, und zwar soll das Ziel sein Theron (v. 91—99). Schlußworte (v. 100—110): Lob Therons als des menschenfreundlichsten und wohlthätigsten Mannes, welchen Akragas seit einem Jahrhundert hervorgebracht hat, in welches eingefügt ist eine Abfertigung seiner Neider und Verkleinerer, welche durch ihre gehässigen Reden seine herrlichen Thaten zu verdunkeln suchten.

Grundgedanke und seine Durchführung.

Dissen in der Einleitung zu O. II findet das fundamentum carminis in dem Satze: Ewig wechselt Glück und Unglück, wie dies an der Kadmiden und Emmeniden Geschick wahrgenommen werden kann. Ebenso urtheilt L. Schmidt, Pindars Leben und Dichtung S. 227: Ein Gedanke verbindet die Theile, der Gedanke, daß Unglück in Glück sich verwandelt, Trübsal in Freude sich verklärt. Doch bemerkt bereits Rauchenstein, daß so ein Moment, auf welches der Dichter gerade großes Gewicht legt, ganz außer Acht bleibt, die genaue, theilweise glänzende Behandlung der Freuden, während er die Leiden nur kurz berührt. Deshalb hat er den leitenden Gedanken in den Commentatt. Pindar. partic. alt. p. 18 folgendermaßen formulirt: Magnae sunt fatorum vi humanarum rerum vicissitudines, at bonos suum praemium manet. Indeß auch hierin scheint mir etwas übersehen zu sein. Sollte denn der Dichter ohne Absicht die ἀρεταί so in den Vordergrund gestellt haben? Nach v. 12 sind sie des Glücks Grundlage (in ἐπί verbindet sich der Begriff der Aufeinanderfolge mit dem der Causalität), v. 58 ff. wird der mit Tugenden geschmückte Reichthum als Motiv zu edlem Streben, als Unterpfand glücklicher Erfolge gepriesen; der didaktische Theil, auf welchem ohne Zweifel das Hauptgewicht liegt, redet hauptsächlich von der einstigen Belohnung der tugendhaften, frommen Menschen; im Schlußtheile lobt der Dichter eine Tugend Therons, den Wohlthätigkeitssinn, welcher sich mannichfach gegen die Freunde bethätigt, wie er denselben nach den Eingangsworten auch den Gastfreunden gegenüber bekundet. Daher proponire ich als Grundgedanken: Der Tugendhafte[1], d. h. wer rastlos strebt nach hohen, edlen Zielen, wird belohnt auf Erden und nach dem Tode: auf Erden durch hohes Glück, welches allerdings, wie es Sterblichen ziemt, dem Gesetze des Wechsels unterworfen ist; nach dem Tode entweder durch müheloses Leben im Hades, oder durch Versetzung auf die Inseln der Seligen. Sonach zerfällt auch das Gedicht in zwei Theile: der erste handelt vom irdischen Tugendlohne des Menschen, dessen Dasein dem Wechsel unterliegt, der zweite vom Tugendlohne nach dem Tode. Das Thema des ersten Theiles lesen wir v. 9—12; dann folgen Sentenzen über die Unbeständigkeit des Glücks, deren Wahrheit nachgewiesen ist an Beispielen aus der Geschichte des Hauses Therons (mythischer Theil). Das Thema kehrt wieder in den die beiden Theile, den mythischen und didaktischen, vermittelnden Versen (50—62); v. 62 bestimmter Hinweis auf das Zukünftige. Der didaktische Theil malt den Lohn, welcher die Frommen im zukünftigen Leben erwartet, in lieblichen Farben und Bildern. Am Ende blickt durch, daß Theron vor Allen die Gewißheit hat, daß seiner dereinst der süßeste Lohn harrt, zumal er (Schluß) jene den Göttern wohlgefällige Gesinnung der allgemeinen Menschenfreundlichkeit in sich trägt und bethätigt. — Jeder der beiden Theile ist eingeschlossen vom Lobe Therons; an drei Stellen des Gedichts (Anfang, Mitte, Ende) ist entweder verdeckt oder mit klaren Worten hingewiesen auf sein Leid, in welchem Trost bietet theils irdisches Glück, theils Aussicht auf Entschädigung, welche er in den Freuden einer andern Welt finden wird.

Gehen wir genauer auf das Einzelne ein.

Das Lied beginnt mit dem Lobe Therons, wie es glänzender nicht gespendet werden kann. Die einleitende Frage sagt: Will ich einen Gott besingen, wähle ich Zeus, den höchsten, welchem Olympias Spiele heilig sind und der sie schützt; gilt mein Lied einem Heroen, so preise ich Herakles, den Gefeiertsten, welcher den Agon eingesetzt hat; ist ein Mensch zu feiern, so kann es nur Theron sein; denn er hat zu Olympia gesiegt; dann weitere Begründung. Wie aber schon die durch den Olympischen Sieg veranlaßte Zusammenstellung Therons mit Zeus und Herakles an und für sich das höchste Lob enthält, so auch die Vergleichung, welche sie einschließt: Wie Zeus allen Göttern, Herakles allen Heroen vorangeht, so Theron allen Menschen. Als seinem Plane zuwider läßt Pindar das weitere Lob des Gottes und des Heros bei Seite; er preist den Theron; und zwar gilt das Lob zunächst

---

1) Ueber den Pindarischen Tugendbegriff ist zu vergleichen Buchholz: Die sittliche Weltanschauung des Pindaros und Aeschylos § 44—47. S. 90: „ἀρετά ist die energische, mannhafte Gesinnung, aus der ruhmvolle, edle Thaten hervorgehen." S. 84: „Grundlage aller Tugend und Sittlichkeit ist die εὐορκία oder allgemein die εὐσέβεια." Aus dieser entspringt die σωφροσύνη, die erste der Pindarischen Cardinaltugenden; an diese schließen sich die ἀνορέα, σοφία, theils angebornes Talent, theils Kunst, speciell Dichtkunst, und die δικαιοσύνη.

dem Sieger; dieser ist aber ein tapferer, starker Herrscher, eine Stütze des Staats, ein Beförderer seines Wohlstandes; ferner δίκαιος ὄπιν ξένων und stammt von edlen Ahnen (εὐγενής). Könnte es auch scheinen, als habe der Dichter die εὐώνυμοι πατέρες erwähnt, um die Gegenstrophe in geeigneter Weise anzufügen, so ist doch die Pindarische Vorstellung nicht unberücksichtigt zu lassen, daß der aus bevorzugtem Geschlecht Stammende für eine ruhmvolle Laufbahn, für ein hervorragendes Loos von vorn herein bestimmt ist[1]). Im Hause waltet der δαίμων γενέθλιος, der πότμος συγγενής, welcher hohe Tugenden d. h. körperliche und geistige Vorzüge, mit denen ein Geschlecht ausgestattet ist, forterben läßt von den Ahnen auf Kinder und Kindeskinder, durch Generationen hin. Derselbe Genius äußert aber seine Herrschaft auch, indem er regelmäßig Glück und Unglück durch das Haus hin wechseln läßt; er ist der Moira untergeordnet, welche über Alle, Götter und Menschen, Macht übt. Ihr Walten im Hause Therons ist stark hervorgehoben v. 11: αἰὼν μόρσιμος; v. 23: θεοῦ Μοῖρα; v. 39: οὕτω δὲ Μοῖρα κτλ.; v. 42: μόρσιμος υἱός. — So sind also Therons Tugenden ihm als Erbtheil von den Ahnen angestammt (γνήσιαι); so ist auch sein Loos, wie das der Vorfahren, ja aller Sterblichen, wandelbar. Welche Tugenden aber werden in Str. 1 an ihm gerühmt? Ἀνδρέα, welche sich wie durch mannhafte Bekämpfung der Feinde, durch unerschrockenen Sinn in Gefahr und Bedrängniß[2]), so auch in Erringung des Sieges äußert; δικαιοσύνη, die Tochter der εὐσέβεια; sie folgen aus der εὐγένεια, dem Adel der Abstammung. —

v. 9—12: **Thema des ersten Theiles**: Auf Widerwärtigkeit (καμόντες πολλά) folgt Glück (αἰὼν μόρσιμος: πλοῦτος und χάρις) als Tugendlohn (γνησίαις ἐπ᾽ ἀρεταῖς) mit Bezug auf die Vorfahren Therons, welche auf Sicilien sich niederließen, also die Emmeniden, deren einer er selbst war. Auch von ihm gilt dieser Satz: ἀρεταί Str. 1; πλοῦτος und χάρις v. 53 ff.; schweres Leid ist auch über ihn gekommen; das ist aller Sterblichen Loos (v. 17—23); das Glück macht es vergessen. Solchem Wechsel waren ebenso die den Emmeniden voraufgehenden Geschlechter unterworfen (v. 24—49). Von der Wurzel des Stammbaumes beginnend, steigt Pindar auf bis zum jüngsten Sproß, Thersander, weil er von Neuem auf Theron kommen will. Erschütternd ist das Bild, welches er vom Leide der Labbakiden entwirft: man erschrickt vor der Macht des Geschicks, welche das willenlose, mit Blindheit geschlagene Menschenkind, Oedipus, zur Ermordung des Vaters treibt; der grause Eindruck wird einigermaßen gemildert durch den Zusatz, daß er mit dieser Frevelthat des Pythischen Gottes Spruch erfüllte; weiter ergreift uns Grauen, wenn wir hören, daß die rächende Erinnys seine Söhne zu Brudermördern macht.

Wiederholt ist der Grundgedanke des ersten Theiles v. 50—61 mit bestimmter Beziehung auf Theron. Er und sein Bruder haben in den Agonen gesiegt (χάρις der Familie); der agonistische Erfolg ist des Strebens Lohn, welches das Wesen der ἀρετά ausmacht; (diese manifestirt sich in den einzelnen ἀρεταί, von denen der Dichter hier die in den Eingangsversen zuerst gepriesene ἀνδρέα im Auge hat;) der πλοῦτος hat durch Gewährung der Mittel das Streben unterstützt; Hinweis auf das wandelbare Glück (v. 57). Fürwahr, will der Dichter sagen, diesen Lohn mußte diese Familie erndten; denn ihr Reichthum ist mit den ἀρεταί verschwistert. So ist der πλοῦτος ἀρεταῖς δεδαιδαλμένος eine Leuchte von lauterm Glanze, deren Strahlen lichtvoll machen das Leben des Menschen, welcher denselben in tugendhafter Weise verwendet. Das Wie der Verwendung lehren die ἀρεταί,

---

1) **Buchholz** a. a. O. S. 28 und § 27. Rauchenstein, Einl. S. 55 ffg.; von Leutsch, Philol. XIV, 47.
2) **Buchholz** S. 78.

nemlich nicht blos zur Verherrlichung des Vaterlandes durch Erringung von Siegen in den öffent= lichen Spielen (3. I, 64), sondern auch zu Zwecken der Wohlthätigkeit gegen Gastfreunde ($\mathfrak{P}$. I, 94. O. IV, 15) und Freunde ($\mathfrak{N}$. I, 31). Auf den letztern Modus der Verwendung weist aber den Men= schen vor Allem hin der Gedanke an die Zukunft, welcher in ihm wach ist, weil er sittliche Pfade wandelt und sein Streben auf edle, höhere Ziele richtet.

Zweiter Theil: Tugendlohn nach dem Tode (v. 63—90).

Der tugendhafte Reiche vergißt nicht, daß nach dem Tode die vergeltende Gerechtigkeit die Frevler straft, die Frommen belohnt. Dieses Bewußtsein läßt ihn den Anforderungen gerecht werden, welche religiöse Pietät, wie die Satzungen der sittlichen Gemeinschaft an ihn stellen, d. h. δίκαιος sein (Buchholz S. 88). So lebt Theron, auf dessen δικαιοσύνη, welche schon im Eingang gepriesen ist, Pindar am Ende zurückkommt. Er stellt ihm als Belohnung nach dem Tode das Leben im Elysium in Aussicht; denn das will er mit den Schlußversen des didaktischen Theiles andeuten, welche er als unverständlich für den großen Haufen bezeichnet. Wie Kadmus, der Stammvater, dieses Dasein ge= nießt (Schol. $\mathfrak{P}$. III, 153), so wird es auch Theron schmecken, denn er eint in sich die Tugenden, welche den Peleus ($\mathfrak{N}$. V, 33. Hom. Il. IX, 480. XXIII, 89. Eur. Androm. argum.) und Achill würdig erscheinen ließen, bei Kronos zu leben, die religiöse Pietät, hier vorangestellt als die vor= nehmlich dazu befähigende Tugend, und die Mannhaftigkeit. In das Lob der δικαιοσύνη Therons aber fügt der Dichter, wie er ja gern am Ende polemisirt, eine Abfertigung der Neider des Agrigen= tinischen Herrschers ein; diese mag ihn wohl veranlaßt haben, in den zum Schlusse überleitenden Worten gegen die eigenen Verkleinerer loszufahren. Die Worte: ἀλλ' αἶνον ἐπέβα κόρος deuten wiederum hin auf das irdische Leid, von welchem auch Achill, ja selbst Kadmus und Peleus nicht frei waren, obgleich sie unter den Sterblichen das höchste Glück genossen ($\mathfrak{P}$. III, 68); den Theron tröstet die Aussicht auf dereinstige Seligkeit, den μάργοι ἄνδρες aber, welche in ihren Lästerreden sich vom Rechte entfernen, werden, da sie ἄδικοι sind, für die Zukunft schwere Strafen prophezeit.

Der Olympische Sieg Therons, welcher das Motiv zum Liedespreis bietet, ist also der Lohn für das auf sittlicher Basis ruhende Streben; die sich in den Vorbereitungen zum Siege und in der Erringung desselben offenbarende ἀνδρέα, vor Allem aber die δικαιοσύνη sichern dem Sieger höchsten Lohn im Elysium. So hat der Dichter in wahrhaft künstlerischer Weise den Grundgedanken mit des Siegers Lobe verbunden.

Das Hauptgewicht liegt offenbar in den Betrachtungen über die Vergeltung nach dem Tode; veranlaßt sind sie durch den sich wiederholenden Gedanken an die Leiden Therons; nach erlittenem Ungemach bedarf er des Trostes; liegt aber ein tröstendes Moment schon in der Episode (v. 24—49), in sofern darin der Wechsel von Leid und Freude als nothwendiges Gesetz, als Schicksalsfügung er= scheint, so dient ihm noch weit mehr zum Troste der gegenwärtige Festsieg, wie die Siege seines Bruders; die höchste Beruhigung aber enthält die Aussicht auf das vollendetste Glück nach dem Tode. Dem entsprechend ist im letzten Theile Alles Licht, der Schatten verschwindet fast vollständig; denn der kurze Hinweis auf die Strafen der Frevler dient nur zu noch größerer Verherrlichung des Tugend= lohnes. Hier tritt also der Contrast von Licht und Schatten am stärksten hervor, weniger im ersten Theile, wo beide stetig wechseln, theils beide gleich stark aufgetragen sind, theils der Schatten die Lichtmasse in etwas überwiegt. Daher ist Dissen im Unrechte, wenn er behauptet, der erste Theil rede nur von Leiden, der zweite nur von Freuden.

Schließlich sei bemerkt, daß in der trichotomischen Gliederung des Gedichts, welche M. Schmidt

a. a. O. versucht hat, die $\mathring{\alpha}\varrho\chi\acute{\alpha}$ im Verhältniß zum $\mathring{o}\mu\varphi\alpha\lambda\acute{o}\varsigma$ zu umfangreich erscheint, abgesehen davon, daß der $\mathring{o}\mu\varphi\alpha\lambda\acute{o}\varsigma$ hier nicht, wie gewöhnlich, epischer, sondern didaktischer Natur sein würde[1]). Die einzelnen auf Grund der Terpandrischen Nomoscomposition gemachten Theile sind folgendermaßen abgegrenzt: $\mathring{\alpha}\varrho\chi\acute{\alpha}$ (lyrisch) v. 1—55; $\varkappa\alpha\tau\alpha\tau\varrho o\pi\acute{\alpha}$ v. 56—61; $\mathring{o}\mu\varphi\alpha\lambda\acute{o}\varsigma$ (didaktisch) v. 62—90; $\mu\varepsilon\tau\alpha\varkappa\alpha\tau\alpha\tau\varrho o\pi\acute{\alpha}$ v. 91—99; $\sigma\varphi\varrho\alpha\gamma\acute{\iota}\varsigma$ (lyrisch) v. 100— 110. Sonach würde die $\mathring{\alpha}\varrho\chi\acute{\alpha}$, welche nach Terpander Verherrlichung des Siegers und seines Geschlechts enthält (die Schilderung der Schicksale von Therons Vorfahren wäre also eine Episode), gerade so viele Verse umfassen, als die sämmtlichen andern Theile des Gedichts zusammen genommen — ein offenbares Mißverhältniß; denn die Symmetrie erfordert, daß der $\mathring{o}\mu\varphi\alpha\lambda\acute{o}\varsigma$ als Haupttheil, welcher gewöhnlich die Mitte des Gedichts ausfüllt, die umfangreichste Partie ist, die $\mathring{\alpha}\varrho\chi\acute{\alpha}$ aber wie dem Inhalte, so auch im Allgemeinen dem Umfange nach mit der $\sigma\varphi\varrho\alpha\gamma\acute{\iota}\varsigma$ harmonirt. Demnach erscheint hier die trichotomische Gliederung nicht gut durchführbar.

Anmerkungen.

v. 6: Die überlieferte Lesart: $\gamma\varepsilon\gamma\omega\nu\eta\tau\acute{\varepsilon}o\nu$ $\mathring{o}\pi\acute{\iota}$, $\delta\acute{\iota}\varkappa\alpha\iota o\nu$ $\xi\acute{\varepsilon}\nu o\nu$ findet einen Vertheidiger in Tafel, welcher behauptet, die letzte Silbe in $\mathring{o}\pi\acute{\iota}$ könne verlängert werden. Wenn er aber schreibt p. 76: cum possit $\mathring{o}\pi\iota$ ($\mathring{o}\pi\acute{\iota}$) in ultima syllaba produci und vorher, wo er über die Bedeutung von $\mathring{o}\pi\iota\varsigma$ spricht: Excepto uno loco-P. VIII, 101 apud Nostrum semper significat vocem, coll. Lex. Pindar., so hat er offenbar die Casusformen von $\mathring{\omega}\psi$ und $\mathring{o}\pi\iota\varsigma$ confundirt; denn $\mathring{o}\pi\iota$ schreibt man nicht für $\mathring{o}\pi\acute{\iota}$, und $\mathring{o}\pi\iota\varsigma$ heißt bei Pindar niemals „Stimme". Das Lex. Pindar. hält die Formen beider Substantive wohl auseinander; nach ihm finden sich die cass. obl. von $\mathring{\omega}\psi$ und zwar $\mathring{o}\pi\acute{o}\varsigma$ P. IV, 283; $\mathring{o}\pi\acute{\iota}$ N. III, 66. VII, 84; $\mathring{o}\pi\alpha$ P. X, 6. 56; von $\mathring{o}\pi\iota\varsigma$ kommt nur der acc. $\mathring{o}\pi\iota\nu$ vor P. VIII, 101: $\mathring{o}\pi\iota\nu$ $\vartheta\varepsilon\tilde{\omega}\nu$, der Götter Huld und Segen; J. V, 74: $\acute{\varepsilon}\varkappa\nu\iota\sigma\varepsilon$ $\mathring{o}\pi\iota\nu$ i. e. $\mathring{\varepsilon}\pi\iota\sigma\tau\varrho o\varphi\mathring{\eta}\nu$ $\varepsilon\mathring{\iota}\varsigma$ $\tau\iota$. Das ι in $\mathring{o}\pi\acute{\iota}$ aber braucht Pindar kurz, wie Hom. Il. I, 104. Od. V, 61. Hes. Theog. 41. 68. — Den metrischen Fehler der Tafelschen Lesart beseitigt Kayser[2]), welcher auf Grund des Glossems $\mathring{v}\mu\eta\tau\acute{\varepsilon}o\nu$ $\mu o\lambda\pi\tilde{\eta}$ ebenfalls $\mathring{o}\pi\acute{\iota}$ mit $\gamma\varepsilon\gamma\omega\nu\eta\tau\acute{\varepsilon}o\nu$ verbindet, dadurch, daß er nach Analogie der Pindarischen Ausdrücke: $\mathring{\varepsilon}\nu$ $\mathring{v}\mu\nu o\iota\varsigma$, $\mathring{\varepsilon}\nu$ $\varphi o\varrho\mu\acute{\iota}\gamma\gamma\varepsilon\sigma\iota\nu$, $\mathring{\varepsilon}\nu$ $\alpha\mathring{v}\lambda o\tilde{\iota}\varsigma$, $\mathring{\varepsilon}\nu$ $\mathring{A}\varrho\varepsilon\iota$ die Präposition $\mathring{\varepsilon}\nu$ vor $\mathring{o}\pi\acute{\iota}$ einfügt; er übersetzt $\mathring{\omega}\psi$ durch carmen. Indeß wenn auch das Metrum die Auflösung der ersten Arsis des zweiten Creticus in unserm Verse (Str. 1) gestattet, während sie in der Antistrophe unaufgelöst erscheint, und in den übrigen Strophen und Antistrophen für diese Versstelle strenge Responsion beobachtet ist, — denn im Allgemeinen ist Pindar in diesem Gedichte mit großer Freiheit hinsichtlich der Auflösung der Arsen verfahren[3]) — so läßt sich doch die Bedeutung „Lied" aus P. X, 5: $\mathring{o}\pi\alpha$ $\gamma\lambda\upsilon\varkappa\varepsilon\tilde{\iota}\alpha\nu$ $\pi\varrho o\chi\varepsilon\acute{o}\nu\tau\omega\nu$ $\mathring{E}\varphi\upsilon\varrho\alpha\acute{\iota}\omega\nu$ nicht nachweisen. Hier ist die Rede vom Chore, welcher Pindars liebliche Stimme d. h. den lieblichen Ton seines Liedes erschallen läßt. — Da nun die Verbindung von $\mathring{o}\pi\acute{\iota}$ mit $\gamma\varepsilon\gamma\omega\nu\eta\tau\acute{\varepsilon}o\nu$ das Metrum verbietet, ebenso aber auch der Sprachgebrauch unseres Dichters, von welchem $\gamma\varepsilon\gamma\omega\nu\varepsilon\tilde{\iota}\nu$ (P. IX, 3. O, III, 9) ohne Zusatz gebraucht, $\mathring{o}\pi\acute{\iota}$ aber mit einem Attribut oder einem Genitiv verbunden wird, so ist hinter $\gamma\varepsilon\gamma\omega\nu\eta\tau\acute{\varepsilon}o\nu$ zu interpungiren und entweder mit Hermann, Böckh, M. Schmidt, auch Nägelsbach in der Nachhom. Theolog. S. 253 $\mathring{o}\pi\iota$ mit langer Endsilbe für $\mathring{o}\pi\iota\delta\iota$, oder mit Hartung $\mathring{o}\pi\iota\nu$ zu schreiben. Liest man $\mathring{o}\pi\iota$ $\delta\acute{\iota}\varkappa\alpha\iota o\nu$ $\xi\acute{\varepsilon}\nu\omega\nu$, so wird Theron genannt: gerecht durch Scheu gegen Fremde; $\mathring{o}\pi\iota$

---

1) Westphal, Proleg. zu Aeschylus' Tragödien S. 90.
2) Lectt. pindar. p. 5 sq.
3) T. Mommsen, Annot. crit. supplem. ad P. Ol. p. 17.

wäre caufaler Dativ. Doch dergleichen Dativformen mit Zusammenziehung beider ι, wie sie bei Homer und Hesiod vorkommen, hat Pindar nicht; höchstens im Genitiv von Nom. propr. erlaubt er sich die Ausstoßung des δ, z. B. O. IX, 76. Z. VII, 27: Θέτιος. Daher ziehe ich ὄπιν vor — an Stelle des ursprünglichen ν ist vielleicht das Komma getreten —, verbinde es adverbial mit δίκαιος und lasse ξένων davon abhängen, nicht als ob ξένον, wie Einige meinen, gegen das Metrum wäre, denn der Versschluß gestattet syllaba anceps (v. 36. 58. 102), sondern weil es mir mit Kayser zweifelhaft erscheint, ob ὄπις ohne Zusatz, zumal da vorher keine Gottheit genannt ist, reverentia deorum bezeichnen könne; δίκαιος ὄπιν ξένων, gerecht im Betreff der heiligen Scheu vor Fremden; er zeigt sich als δίκαιος in der ὄπις ξένων, wie bei Herodot ὄπις θεῶν (gen. obj.) sich einige Male findet und nach dem Lex. Pindar. Moschus Jd. IV, 117 αἰδεῖσθαι ὄπιδα πολίοιο γενείου von der Ehrfurcht gegen den Greis sagt.

v. 8: ὀρθόπολις heißt Theron, insofern er die Stadt berühmt und angesehen macht. Dies geschieht aber durch den Olympischen Sieg, durch Besiegung der Feinde und, wie Böckh, Explicatt. p. 123 nach Diodor hinzufügt, durch Aufführung mächtiger Bauten von der Beute. Daher faßt dieses Epitheton die virtus ludicra (Ὀλυμπιονίκης) und bellica (ἔρεισμα) Therons zusammen.

v. 10: Σικελίας τ᾽ ἔσαν ὀφθαλμός: eine nicht ungewöhnliche Uebertragung der antiken Poesie[1]). Das Auge spendet Licht; daher bezeichnet es, was Schutz, Heil, Freude, Trost gewährt. Das Auge ziert durch seinen Glanz; das Auge ist das Theuerste[2]). Unter den Beispielen, welche Böckh a. a. O. aus römischen Autoren für die Personification von Ländern anführt, denen der Schriftsteller Augen beilegt, findet sich auch Cic. de Nat. Deor. III, 38: Corinthus et Carthago oculi terrae maritimae, welche Stelle auch Dissen zu obigem Verse citirt. Doch ist seine Erklärung nicht umfassend genug: denn Cicero nennt die beiden Städte unstreitig nicht blos als leuchtende, zierende Punkte der Küste oculi, sondern auch weil sie dieselbe schützen: denn ist sie der Augen beraubt, fehlen ihr, wie dem Blinden, Schutz und Hilfe. So ist auch Therons Familie als ὀφθαλμὸς Σικελίας die Zierde und der Schutz der Insel[3]). In der Bedeutung: Theuerstes, Köstlichstes findet sich ὀφθαλμός oder ὄμμα bei Pindar nicht; er gebraucht dafür ἄνθος, z. B. O. VI, 105. IX, 48. Aehnlich wie in unserer Stelle lesen wir ὀφθαλμός O. VI, 16, wo der gefeierte Olympiasieger Agesias aus Syracus, welcher dem Hieron durch seine Seherkunst und Tapferkeit in Land- und Seeschlachten erhebliche Dienste geleistet hatte, dem mit Roß und Wagen von der Erde verschlungenen Seher Amphiaraus verglichen und ihm das vom Adrast des Oikleus Sohne gespendete Lob zuerkannt wird:

Ποθέω στρατιᾶς ὀφθαλμὸν ἐμᾶς,
ἀμφότερον, μάντιν τ᾽ ἀγαθὸν καὶ δουρὶ μάρνασθαι;

es erhellt, daß ὀφθαλμός zuerst wörtlich zu fassen (Amphiaraus ist μάντις), also das Heer sieht durch ihn in die Zukunft, dann metaphorisch den bezeichnet, welcher (ἀγαθὸς δουρὶ μάρνασθαι) als tüchtiger Führer das Heer auch mit Leben und frischem Muthe beseelt: wie das Auge den ganzen Körper beherrscht und ihm gleichsam Leben einflößt. Anderwärts braucht der Dichter ὄμμα; so P. V, 52, in welcher Stelle er das alte Glück des Battus, des Gründers der Colonie Kyrene, welches im Stamme sich fortpflanzt und sich eben wieder an dem siegreich heimkehrenden Arkesilas (IV) bewiesen hat, eine Burg der Stadt und das glänzendste Auge für die Fremden nennt. Die Einheimischen

---

1) Hense, Poet. Personific. in Gr. Dichtungen S. 31 ff.
2) Böckh, Explicc. P. 123 ff.
3) Dissen: decus vel lumen Siciliae; ebenso Tafel, L. Schmidt zu P. V S. 316.

also schützt es gegen feindliche Angriffe ($\pi\acute{v}\varrho\gamma o\varsigma$ $\ddot{a}\sigma\tau\varepsilon o\varsigma$), den $\xi\acute{\varepsilon}\nu o\iota\varsigma$ aber, welche umherirren und sich in Noth befinden, lächelt es wie ein Freundesauge, tröstend und ermuthigend, weil Hülfe verheißend, zu und zieht sie an, wie wir ja durch des Menschen Augen theils angelockt, theils abgestoßen werden. — Zur Besprechung von P. V, 15—19, besonders der Worte: $\ddot{\varepsilon}\chi\varepsilon\iota$ $\sigma v\gamma\gamma\varepsilon\nu\grave{\eta}\varsigma$ $\dot{o}\varphi\vartheta\alpha\lambda\mu\acute{o}\varsigma$ reicht der Raum nicht aus. Nur das sei hier bemerkt, daß Tafel, Dilucc. p. 754 $\sigma v\gamma\gamma\varepsilon\nu\acute{\eta}\varsigma$ fälschlich durch tuus übersetzt. Die von ihm beigebrachten Stellen beweisen den Gebrauch der Adjectiva $\sigma v\gamma\gamma\varepsilon\nu\acute{\eta}\varsigma$, $\sigma\acute{v}\nu\tau\varrho o\varphi o\varsigma$, $\ddot{\varepsilon}\mu\varphi v\tau o\varsigma$, $\sigma\acute{v}\gamma\gamma o\nu o\varsigma$ in der Bedeutung des Possessivpronomens durchaus nicht; denn überall sind die Adjectiva mit Rücksicht auf das folgende Substantivum und den Gedankenzusammenhang gewählt. Ebenso sind die für die Synekdoche (nach der Notiz des Scholiasten: $\delta\acute{v}\nu\alpha\tau\alpha\iota$ $\gamma\grave{\alpha}\varrho$ $\dot{\alpha}\pi\grave{o}$ $\tau o\tilde{v}$ $\dot{o}\varphi\vartheta\alpha\lambda\mu o\tilde{v}$ $\tau\grave{o}$ $\ddot{o}\lambda o\nu$ $\sigma\tilde{\omega}\mu\alpha$ $\sigma\eta\mu\alpha\acute{\iota}\nu\varepsilon\sigma\vartheta\alpha\iota$) citirten Sophokleischen Stellen nicht stichhaltig: ihr tiefer Sinn erhellt erst dann, wenn man sich die mannichfaltige Natur des Auges vergegenwärtigt. Spricht Sophokles im Philoktet v. 171 von dem $\sigma\acute{v}\nu\tau\varrho o\varphi o\nu$ $\ddot{o}\mu\mu\alpha$, welches dem in seiner Einsamkeit unglücklichen Bewohner des Lemnischen Eilandes fehlt, so meint er das Auge Eines, welcher mit ihm zusammenlebt, das theilnehmende Freundesauge, welches durch sanften, liebevollen Blick des Vielgeplagten Leiden mildert. Nennt Teuker den Aias (v. 977) $\xi\acute{v}\nu\alpha\iota\mu o\nu$ $\ddot{o}\mu\mu'$ $\dot{\varepsilon}\mu o\acute{\iota}$, so meint er den Bruder, welcher nicht blos seine Zierde und sein Liebstes, sondern auch sein Schutz war (v. 1022); redet der Chor v. 167 von des Aias Auge, vor welchem die lärmenden Neider sich ducken, wie die kleineren Vögel vor dem Geierauge, so deutet er hin auf den scharfen, stechenden Blick des Starken, welchen die Gegner nicht aushalten können, vor welchem sie sich also furchtsam in aller Stille verkriechen; vgl. v. 140.

v. 23: $\vartheta\varepsilon o\tilde{v}$ $\mu o\tilde{\iota}\varrho\alpha$, des Gottes, d. h. des Zeus Fügung, das Schicksal, welches von ihm ausgeht, bestimmt wird. Das Schicksal steht, wie oben bereits bemerkt ist, nach Pindar ursprünglich über den Göttern; vgl. P. I, 55. O. VIII, 33. Fr. $\dot{\varepsilon}\xi$ $\dot{\alpha}\delta\acute{\eta}\lambda$. $\varepsilon\acute{\iota}\delta$. 48. In andern Stellen wird die göttliche Macht der Moira gleichgestellt, z. B. P. V, 71. O. IX, 26 ff. Die völlige Unterordnung der Moira unter die Götter, unter Zeus, und somit die Verwandlung der Schicksals- in eine Gottesfügung tritt uns, wie in unsrer Stelle, so in N. IV, 61. Fr. Isthm. 4, 2 entgegen. Also bei Pindar dasselbe Schwanken in der Auffassung des Verhältnisses der Moira zu Zeus, überhaupt zu den Göttern, wie es sich schon in der homerischen Zeit geltend macht. Vgl. Nägelsbach, Nachhom. Theol. S. 148 ff.

v. 35—38: Wiederholt redet Pindar von der Wandelbarkeit und Nichtigkeit des menschlichen Glücks, sowie von der Ungewißheit des Sterblichen über das ihm bevorstehende Loos; z. B. P. III wird in dem Mythus von Peleus und Kadmus der Gedanke ausgesprochen: Kein Glück ohne Leid; N. XI, 43: Unsrer Kenntniß fern liegen des Glücks Strömungen; J. III, 15—60: Wechselvolles Loos der Kleonymiden, eines Thebanischen Adelsgeschlechts; O. VIII, 53: Bei den Menschen wird es nie etwas unterschiedlos Erfreuliches geben; P. V, 50: Von Mühen ist Keiner frei, noch wird er es sein; J. I, 30—40: Dem Asopodorus, dem Vater des Thebanischen Siegers Herodot, führt der $\pi\acute{o}\tau\mu o\varsigma$ $\sigma v\gamma\gamma\varepsilon\nu\acute{\eta}\varsigma$ auf Leid wieder Freude her. Vgl. O. VII, 94 und 95. XII, 10—12. P. VIII, 76—78. 92—97. N. VI, 1—7. Soph. O. T. 1186—1222. Eur. fragm. 157 und 158 (Dindorf 1868). Soph. O. C. 566. 608 ff. Aesch. Sept. 771 ff. Herod. VII, 46. 49, 1. I, 207. Cic. Tusc. I, 48, 115: Uebersetzung von Eur. fragm. 452.

v. 45: $\dot{\iota}\delta o\tilde{\iota}\sigma\alpha$ δ' $\dot{o}\xi\varepsilon\tilde{\iota}$ $E\varrho\iota\nu\nu\grave{v}\varsigma$ $\ddot{\varepsilon}\pi\varepsilon\varphi\nu\varepsilon$: Die Erinnys tritt hier als Verfolgerin des Frevlers auf, des Sohnes, welcher den Vater erschlagen. Schon bei Homer erscheint sie als Rächerin jedes

Mordes (Friedreich, Real. in d. Il. u. Od. S. 677), wie es später Aeschylus in den Eumeni=
den ausführt; und zwar war der alte Volksglaube der, daß sie Vergehungen gegen Eltern ins=
besondere mit Mangel oder Verlust der Nachkommen bestrafe (Hom. Il. IX, 453 ff.). So treibt
sie hier des Vatermörders tapfere Söhne zum Wechselmord. An anderen Stellen läßt Pindar den
schuldigen Frevler der Nemesis verfallen; auch sie verfolgt ihn unerbittlich, daher sie P. X, 45 ὑπέρ-
δικος genannt wird, und die Hyperboreer werden glücklich gepriesen, weil sie wegen ihrer Frömmigkeit
der Nemesis entronnen sind.

  v. 57: παραλύει δυσφρόνων. So die Vulgata; sonst findet sich δυσφορῶν, δυσφοράν; die
bessern Handschriften haben δυσφροσύναν oder δυσφροσύνας παραλύει. Obwohl die Erklärungen
einzelner alten Scholiasten vielleicht wahrscheinlich machen, daß ἀφροσύναν(ας) oder ἀφρόνων ur=
sprünglich im Texte gestanden haben und durch das Glossem δυσφροσύναν(ας) oder δυσφρόνων,
welches ja nach Soph. Ant. 1269 u. a. O. auch in der Bedeutung von ἀφρόνων vorkommt, später
verdrängt seien, kann ich mich doch weder zu der Conjectur Mommsens ἀφροσυνᾶν παραλύει,
noch zu der Grumme's παραλύει ἀφρόνων (De Pindari O. II commentatio, Gratulationsschrift.
Göttingen 1862, p. 34.) verstehen, vor Allem, weil der Sinn der Stelle, mag man ihr nur eine
allgemeine Bedeutung geben, oder auch noch einen speciellen Hinweis auf Theron herauslesen, einen
Begriff wie Mühsale, Leiden, traurige Stimmung erfordert. Denn darauf kann es dem Dichter nicht
ankommen, den Sieger, weil er Glück gehabt, weise zu nennen, noch darauf, ihm für die Zeit der
Vorbereitung zum Siege das Prädikat ἄφρων zu geben, also ihn als einen Mann zu bezeichnen,
welcher bis zur Erringung des Sieges für Alles, was auf denselben nicht irgendwie Bezug hat, gleich=
sam unzurechnungsfähig ist; aber wohl hat es guten Sinn, den Sieg Befreier von Mühen zu nennen
(denn mit ihm hört die Anstrengung auf) oder von Traurigkeit (denn er, ein Glanzpunkt im Leben,
erfüllt mit Freude das ganze Haus). Daher halte ich die Vulgata fest; δυσφρόνων fanden auch die
Schol. recent. vor, denn sie erklären: δύσφρονα τὰ ἀλγεινὰ λέγει ἢ τὴν δυστυχίαν; δυσφροσύναν (Kayser a. a. O. p. 7; M. Schmidt) oder δυσφροσύνας widerstreiten dem Metrum, δυσφρονᾶν
aber (Rauchenstein, Commentt. Pind. II p. 13, Schneidewin, Bergk) als gen. plur. von δυσφρόνη =
δυσφροσύνη (Hesych. εὐφρόνη νὺξ καὶ εὐφροσύνη) läßt sich nicht nachweisen.

  v. 62: Die Vulgata: εἰ δέ μιν ἔχων τις οἶδεν τὸ μέλλον halten fest: Dissen, Hermann, Opusc.
VII, 112 und Kayser, L. Schmidt, Bergk in der edit. III, während er in der 2. Ausgabe εἰ δὲ in
οἶδε geändert hat. Böckh und Mommsen verwandeln das Semicolon vor εἰ in ein Komma, Ersterer
schlägt vor, für δέ zu schreiben γέ; doch εἴγε findet sich beim Dichter nicht. Tafel ändert εἰ in εὖ,
und ihm schließen sich Rauchenstein a. a. O. p. 14 und Hartung an. Da es sich nicht empfiehlt,
mit Dissen ἔχων als Ellipse für ἔχων ἐστί zu fassen, — dann würde Pindar wohl ἔχει geschrieben
haben, was dem Metrum ganz angepaßt ist —, noch mit dem Schol. recent. ἔχων in ἔχει zu ver=
wandeln; da ferner ein Anakoluth, wie es Hermann und Kayser annehmen, beim Dichter nicht
nachzuweisen ist (sie erklären es aus der Begeisterung Pindars, welche ihn zur Schilderung des Lebens
der Seligen fortriß, und finden den Gedanken, welcher den Nachsatz bilden sollte, jener von v. 98, dieser
von v. 101 an); da es außerdem bedenklich ist, mit L. Schmidt, welcher mit entsprechender Aenderung
der Interpunction den Nachsatz bei v. 91, also mit den Worten: πολλά μοι ὑπ' ἀγκῶνος βέλη
beginnt, die Schilderung des Lebens nach dem Tode aber von ὅτι θανόντων μέν an als Parenthese
faßt, dem Dichter zuzumuthen, daß er die Protasis durch ein 28 Verse umfassendes Satzgefüge von
der Apodosis geschieden habe; da endlich in den Scholien sich keine Andeutung von einem Nach=

satze findet bis auf die Paraphrase: οὐκ ἂν αὐτῷ εἰς ἀδικίαν ἐρχήσατο: so scheint mir die Beseitigung des εἰ und somit des Vorder- oder Nebensatzes geboten; dann ist aber das Nächstliegende, εἰ in εὖ zu ändern, durch welche Emendation ein ganz passender Sinn hergestellt wird.

Die Erklärungen der Stelle nemlich bei Festhaltung von εἰ befriedigen nicht. Böckh und später Heimsöth, Add. et corrig. p. 10 fassen die Worte: εἰ δέ (εἴγε) μιν ἔχων τις οἶδεν τὸ μέλλον als Einschränkung des voraufgehenden allgemeinen Gedankens, als wollte der Dichter sagen: Der Reichthum ist nur dann ein hellleuchtender Stern, wenn er verbunden ist mit Kenntniß der Zukunft. Richtig hat bereits Dissen darauf aufmerksam gemacht, wie nichtssagend in diesem Falle μιν ἔχων wäre; andrerseits bemerkt L. Schmidt, daß alle poetische Wirkung durch solche Verbindung gestört wird; denn Pindar würde dann, was er eben mit einer gewissen Emphase aussprach, beschränken, als Ausnahme hinstellen. Aus denselben Gründen ist Mommsens Erklärung zurückzuweisen, welcher δέ für δή faßt und interpretirt: Tum demum vera est lux opulentia, quum quis (μιν ἔχων übersetzt er nicht, weil es so überflüssig wird) futuras malorum poenas respiciens ea non abutitur religiose. Hätte dies der Sinn sein sollen, würde Pindar wohl die conj. advers. hinter ἐτυμώτατον gestellt haben, denn an eine Umsetzung derselben aus dem Haupt- in den Nebensatz ist nicht zu denken; vgl. Schnitzer, Progr. Ellwangen 1867 p. 15. Außerdem ist nicht ersichtlich, woher Mommsen den Nachsatz nimmt. Bergk (ἀνδρὶ φέγγος· εἰ δέ μιν ἔχων τις, οἶδεν τὸ μέλλον) übersetzt: Si quisquam opibus simul et virtutibus clarus, ille (Thero) futurum tempus mente tenet. Die Entgegenstellung von quisquam und ille liegt in des Dichters Worten nicht. L. Schmidt erkennt in denselben, nachdem er sich auch gegen diejenigen erklärt hat, welche sie als Fortsetzung des vorhergehenden Gedankens fassen — denn allerdings kann die Erkenntniß der zukünftigen Dinge nicht von zeitlichem Besitze abhängig gemacht werden, wie z. B. Dissen will — eine Steigerung, durch welche die Kenntniß der Zukunft noch über jenen mit Tugenden geschmückten Reichthum gestellt wird. S. 226 giebt er folgende Uebersetzung: Der mit Tugenden geschmückte Reichthum giebt zu Vielem Gelegenheit, die tief eifrige Thätigkeit aufrecht haltend, ein heller Stern, das wahrste Licht für den Menschen; wenn aber Einer, der ihn hat, der künftigen Dinge kundig ist, und weiß, daß die frevelnden Seelen der Verstorbenen u. s. w. . . . ., so habe ich unter dem Ellenbogen in meinem Köcher viele schnelle Geschosse u. s. w. . . . . Wie mir diese Gedankenverbindung unverständlich ist, so sehe ich auch nicht ein, welche Bedeutung für den Gang des Gedichts bei dieser Interpretation obige Worte haben. Außerdem weise ich darauf hin, daß es für Theron eine Steigerung irdischen Glückes nicht giebt, da nach J. IV, 12 ff. ὄλβος εὐανθής (Reichthum), mit εὖ πάσχειν (Thatenruhm) und εὖ ἀκούειν (Liedespreis) verbunden, das höchste für den Sterblichen erreichbare Glück ausmacht (v. 14 und 15: πάντ' ἔχεις, εἴ σε τούτων μοῖρ' ἐφίκοιτο καλῶν).

Welches ist der Sinn der Stelle, wenn wir lesen: εὖ δέ μιν ἔχων οἶδεν τὸ μέλλον? Das Vorhergehende wird fortgesetzt, δέ fügt ein Weiteres, Neues hinzu, welches allerdings eine Steigerung einschließt, aber nicht des Glückes; denn wenn der mit Tugenden geschmückte Reichthum schon insofern für die sittliche Gestaltung des Lebens einen hohen Werth hat, als die ἀρεταί das rastlose Streben nach Höherem wecken und nähren, aus welchem die Verwendung des Reichthums zu agonistischen Zwecken folgt (ἀστὴρ ἀρίζηλος, ἐτυμώτατον[1]) ἀνδρὶ φέγγος), so erhält das Leben erst

---

[1] So ist zu lesen nach Mommsen p. 17, wie v. 75: βουλαῖς ἐν ὀρθαῖσι, v. 95: αἶνον ἐπέβα. Durch Beseitigung des Dactylus und Wiederherstellung des Creticus an zweiter Stelle wird das Metrum dem der Epoden 1 und 2 conform.

dadurch die höhere sittliche Weihe, daß in Folge der ἀρεταί der Gedanke an die Zukunft d. h. an die nach dem Tode stattfindende Bestrafung der Frevler und Belohnung der Frommen (ἐσθλοί, besonders der δίκαιοι) wach ist, woraus die Bethätigung der δικαιοσύνη folgt durch Verwendung des πλοῦτος auf Zwecke der Wohlthätigkeit. Auf dieses Wissen des Zukünftigen kommt es also vor Allem an, denn es bedingt das fromme Leben des Menschen, welches die Götter als Träger und Beschützer des sittlich Guten vor Allem lieben und belohnen. Daher hebt der Dichter den Begriff des εἰδέναι' τὸ μέλλον durch εὖ besonders hervor: der tugendhafte Reiche weiß die Zukunft wohl und denkt also auch daran in seinem Leben und zum Nutzen für sein Leben. Bei dieser Aenderung und Erklärung fügen sich obige Worte leicht und ungezwungen an das Vorige; nur könnte man sich daran stoßen, daß dann die Worte: ἐτυμώτατον ἀνδρὶ φέγγος nicht recht zur Geltung kommen: es bezeichnen die beiden appositionellen Bestimmungen, wenn sie beide zum vorhergehenden Gedanken gezogen werden, im Grunde genommen dasselbe. Dieser Pleonasmus läßt sich beseitigen, wenn man ἀστὴρ ἀρίζηλος auf das Vorhergehende, ἐτυμώτατον φέγγος auf das Folgende bezieht und δέ hinter εὖ in der Bedeutung von γάρ faßt. Der Dichter sagt dann: Der mit Tugenden gezierte Reichthum, welcher das tief ernste, feurige Streben nach hohen, edlen Zielen im Menschen weckt und nicht selten gelingen läßt, ist ein hell strahlender Stern; denn selbst glänzend, führt er den Besitzer zu Ruhm und Ehre. Er ist aber auch die wahrste Leuchte für den strebenden, nach Vollkommenheit ringenden Menschen (ἀνδρί) auf dem dunkeln Lebenswege: denn wer ihn hat, kennt wohl die Zukunft, d. h. weil der Besitzer wohl weiß, welcher Lohn den sittliche Pfade wandelnden Menschen, welche Strafe den Frevler nach dem Tode erwartet; also weil jener Gedanke an die Zukunft, welcher in dem tugendhaften Menschen lebendig ist, die Verwendung des Reichthums auf sittliche Bahnen lenkt, ist der πλοῦτος ἀρεταῖς δεδαιδαλμένος das Licht, welches dem Sterblichen im Dunkel des irdischen Daseins auf dem rechten Wege voranleuchtet. Die Verstärkung des οἶδεν durch εὖ ist dann durch den vorhergehenden Superlativ veranlaßt.

Die Worte: εὖ δέ μιν ἔχων τις οἶδεν τὸ μέλλον schließen den ersten Theil den Gedichts ab, enthalten aber zugleich den Hinweis auf den zweiten, deuten den Inhalt desselben an; er redet eben vom μέλλον; in welcher Beziehung, wird durch θανόντων μέν (v. 63) genauer bezeichnet, was zu diesem Zwecke an die Spitze des zweiten Theiles gestellt ist. Von der Zukunft wird geredet, nämlich vom Leben nach dem Tode, in welchem die Guten Lohn, die Bösen Strafe finden. Mit der letztern beginnt der Dichter; v. 63 —66: Gericht im Hades und Bestrafung der Frevler (4 Verse); v. 67 —74: Belohnung der Frommen im Hades (8 Verse); v. 75—90: Verherrlichung des Elysischen Lebens, welches als Lohn die πάμπαν δίκαιοι erwartet (16 Verse). So scheint der Dichter schon durch den Umfang der einzelnen Abschnitte darauf hinzuweisen, daß er auf den dritten das Hauptgewicht legt.

·v. 63 ff. Hinsichtlich der Bedeutung der Worte: ὅτι θανόντων μέν κτλ. pflichte ich denen nicht bei, welche mit zwei Scholiasten meinen, der Dichter rede schon hier von der Palingenesie und stelle die auf Erden stattfindende Bestrafung der in der Unterwelt begangenen Frevel der Ahndung dessen im Orkus gegenüber, was auf Erden gefehlt wird (Rauchenstein), nicht weil ich der Ansicht wäre, daß von Vergehen in der Unterwelt überhaupt nicht die Rede sein könne (v. 75 ff.), sondern weil es widersinnig ist, den Dichter, nachdem er eben kundgegeben, er wolle von den Todten handeln, von wieder Aufgelebten reden zu lassen. Ich folge daher dem Scholiasten, welcher nicht zwei Arten von Freveln (unten und auf der Erde) unterscheidet, sondern beide Satzglieder auf das Gericht im

Orkus über die auf Erden verübten Frevelthaten bezieht: das zweite Glied beschreibt genauer das im ersten allgemein angedeutete unterirdische Gericht. Der Dichter sagt also: Es büßt der Menschen frevelhafter Sinn, wenn sie hier gestorben sind d. h. nachdem sie die Erde verlassen haben, sofort Strafe[1]; denn (δέ im Sinne von γάρ) was in der Oberwelt gefehlt ist, richtet unter der Erde Einer, welcher mit grausem Zwange seinen Spruch fällt[2]. Dem μέν hinter θανόντων correspondirt δέ nach ἴσον und ὅσοι; die θανόντες, Hauptbegriff für Epod. 3, Str. und Antistr. 4, sind auf Erden entweder Frevler gewesen und empfangen nach strengem Gericht im Orkus Strafe, oder ἐσθλοί und werden belohnt, oder sie haben ἐστρὶς ἑκατέρωθι μείναντες gänzlich von Ungerechtigkeit die Seele (hier der Sitz des Willens), also ihr Wollen und Streben fern gehalten und gehen ins Elysium ein. So bilden Str. und Antistr. 4 den Gegensatz zu Epod. 3: Frevelsinn und seine Bestrafung; Tugend und ihr Lohn entweder im Hades, oder im Elysium. Man vermißt dann allerdings die stricte Gegenüberstellung der Hauptbegriffe in Epod. 3 und Str. 4: ἀπάλαμνοι φρένες und ἐσθλοί, von welcher abzuweichen den Dichter vielleicht die oben motivirte Voranstellung von θανόντων veranlaßt hat.

Das Loos der ἐσθλοί ist: Gleich in der Nacht strahlt ihnen, gleich am Tage die Sonne[3]. Müheloser leben sie, nicht wühlen sie mit starker Hand die Erde auf, noch furchen sie das Meer des Lebensunterhaltes wegen[4]. Die Verse 67 und 68 werden verschieden aufgefaßt. Die meisten Erklärer (Böckh, Dissen, Tafel, Bergk, Hartung) verstehen sie von einer ewig gleichmäßig strahlenden Sonne, welche die Nacht zum Tage macht; andere (Rauchenstein, C. P. part. alt. p. 15 u. Mommsen p. 26: ἴσαις δὲ νύκτεσσιν αἰεί, ἴσαις δ᾽ ἀμέραις ἀέλιον ἔχοντες κτλ.) ergänzen nach dem σχῆμα ἀπὸ κοινοῦ zu ἴσον (ἴσαις) δὲ νύκτεσσιν αἰεί die Worte οὐκ ἔχοντες und erklären, R.: Gleich uns haben sie in den Nächten, M.: In gleichen (nämlich denen auf der Erde) Nächten haben sie keine Sonne, also scheint ihnen der Mond. Danach wechselt, wie auf der Oberwelt, im Orkus Tag und Nacht, natürlich so, daß, wenn oben Tag, unten Nacht ist und umgekehrt. Wozu aber den Textesworten solchen Zwang anthun? noch dazu um einen eben nicht poetischen Gedanken herauszulesen? Ein Scholiast interpretirt: ἐπίσης ἐν ταῖς νυξίν, ἐπίσης δὲ ἐν ταῖς ἡμέραις ἥλιον ἔχοντες, ἤγουν ἀεὶ ἐν φωτὶ ὄντες, also: wie am Tage leuchtet ihnen auch des Nachts die Sonne; daher Hartung dem Sinne ganz angemessen für ἴσα: οἷον schreibt. Dies führt natürlich zu der Annahme, daß unten eine andere Sonne als oben leuchtet, wenigstens für die Zeit, da auf der Erde Tag ist. Wenn, wie in Str. 4 geschieht, das Leben in der Unterwelt mit dem diesseitigen einmal in Hinsicht auf den Wechsel von Tag und Nacht, wie er sich auf Erden findet, sodann in Bezug auf die Mühen, sowie endlich auf die Leiden des Erdenlebens verglichen wird, so erwartet man wohl mit Recht zur würdigen Verherrlichung des Lohnes der Guten, daß der Dichter in allen drei Punkten einen Unterschied zwischen hier und dort statuirt; in dem Participialsatze liegt ebenso wie in den zu-

---

1) θανόντων ἐνθάδε hängt ab von ἀπάλαμνοι φρένες; αὐτίκα ist mit ποινὰς ἔτισαν zu verbinden.

2) Der τὶς ist Hades (nach Fr. thren. IV legt Persephone Strafe auf), der homerische Ζεὺς καταχθόνιος: wie Zeus auf der Erde (ἐν τᾷδε ἀρχᾷ) herrscht, so übt er drunten (κατὰ γᾶς) die Herrschaft aus und richtet. Vgl. Aesch. Eum. 272 und 273.

3) Ich lese nach der Vulgata: ἴσον δὲ νύκτεσσιν αἰεί,
$$\text{ἴσα δ᾽ ἐν ἀμέραις ἄλιον ἔχοντες,}$$
im Folgenden: δέχονται βίοτον nach Mommsen (Ambros. A); ἴσον — ἴσα adverbial; νύκτεσσιν dat. temp., oder die Präposition ist aus ἐν ἀμέραις heraufzuziehen.

4) Ueber παρά, wegen, sind zu vergleichen Herm. ad Vig. p. 644; Matthiä, Gr. Gr. S. 554.

nächst folgenden Worten nicht blos eine Vergleichung, sondern auch eine Steigerung. Das steigernde Moment des Comparativs theilt sich dem Vorhergehenden mit; und offenbar ist es poetischer, also des großen Dichters würdiger, von einer den abgeschiedenen Frommen ohne Aufhören leuchtenden Sonne, einem ewig lichtvollen Sein zu singen, als von einer Sonne, welche ihr Licht zwischen oben und unten theilt, welche, wenn sie der Erde scheint, unten vom Monde gleichsam abgelöst wird. Also für die Frommen im Hades existirt kein Unterschied von Tag und Nacht; immer gleich strahlt die Sonne; ihr Leben aber in diesem Glanze ist müheloser; nicht brauchen sie um spärlichen Erwerb den Acker zu bebauen und aus der Erde Schachten Metall zu fördern (οὐ χϑόνα ταράσσοντες), noch das Meer zu befahren auf Handel und Fischfang (οὐδὲ πόντιον ὕδωρ); ihr Leben ist aber auch frei von Leid und Kummer (ἄδακρυν νέμονται αἰῶνα): Alle, welche während des Erdenlebens Freude hatten an Eidestreu d. h. an Rechtschaffenheit gegen Götter und Menschen, bringen ein thränenloses Leben, ein stets freudvolles Dasein hin bei den Geehrten der Götter.

v. 71: παρὰ μὲν τιμίοις ϑεῶν. Wer sind die τίμιοι ϑεῶν? Nach dem Scholiasten Pluto und Proserpina, nach Dissen Aeakus und Minos. Rauchenstein, C. P. part. alt. p. 16 schließt sich den Scholien an und bezieht den Relativsatz: οἵτινες ἔχαιρον auf τίμιοι ϑεῶν, welcher Begriff eine nähere Bestimmung erfordere. Jedoch diese Relation verbietet sowohl der Gebrauch von ὅστις, als das Präteritum ἔχαιρον. Ferner aber können unter τίμιοι ϑεῶν Götter nicht verstanden werden, denn τοὶ δέ (v. 73) bildet den Gegensatz; jene, nämlich die Frevler (Epod. 3), werden diesen gegenübergestellt; also müssen die τίμιοι ϑεῶν die Guten im Hades sein. Ein Scholion erklärt: τοῖς τιμωμένοις ϑεῶν, wonach eine Antiptosis anzunehmen wäre. Einfacher ist es aber τίμιοι substantivisch (Lieblinge) oder das Adjectiv als Stellvertreter des Particips Perf. Pass. (die geehrt sind und daher auch geehrt werden) zu fassen: τετιμημένοι ϑεῶν (also ἐν τιμῇ ϑεῶν ὄντες), wie die Dichter öfter den Genitiv zu einem Partic. Prät. Pass. setzen, scheinbar für ὑπό c. gen., während er von dem substantivirten Particip abhängt, z. B.: Eur. El. 123: σᾶς ἀλόχου σφαγείς; Or. 491; vgl. darüber Wunder zu Soph. Phil. v. 3 (edit. 2). Die Frommen leben also, wenn sie in den Hades kommen, bei den Lieblingen der Götter d. h. allen denen (Menschen und Heroen), welche schon vorher zum Lohne für den sittlich guten Lebenswandel der Seligkeit im Hades gewürdigt worden sind. — Auch Fr. thren. I schildert Pindar den Aufenthaltsort der Seligen und die Wonne ihres Daseins mit den glänzendsten Farben; aufs Schwärzeste malt er der Verdammten Loos.

v. 75—90: Das herrlichste Loos haben Alle, welche ἐστρὶς ἑκατέρωϑι μείναντες den Ruf der δικαιοσύνη gewahrt haben: diese wandeln des Zeus Weg zu den Inseln der Seligen, wo des Kronos Burg steht. — Nehmen wir an, Pindar rede von einem dreifachen Leben auf der Erde, einem dreifachen unter der Erde, so schließt der Kreislauf der Seele im Orkus; von da aus kommt sie ins Elysium. Wer führt sie dort ein? Nach Böckh und Andern Mercur als ψυχοπομπός: dann steigt also der Götterbote in den Orkus, holt die Seelen auf die Oberwelt und geleitet sie zu den Inseln, da Meereslüfte sie umsäuseln. (Pindar verlegt sie auch, wie Homer und Hesiod, außerhalb des Hades, an den Westrand der Erde.) Daraus würde folgen, daß der Herrscher der Unterwelt diejenigen Seelen aussonderte, welche des Lebens im Elysium würdig sind. Das widerspricht aber dem Folgenden; denn nach v. 87 und 88 gestattet Zeus, welcher auch die Unsterblichkeit verleiht, sei es aus eigener Bewegung, oder auf Bitten eines Olympiers (vgl. N. X, 7. Nitzsch, Anm. zur Od. Thl. III, S. 343), auf der Mutter Bitten dem Achill den Eingang in jenen Ort der höchsten Seligkeit; also Zeus ist es, nicht Hades, welcher über die Würdigkeit oder Unwürdigkeit der Menschen zum Elysium entscheidet, wenn überhaupt eine Entscheidung nöthig ist, wie beim Achill; derselbe war nämlich jener Herrlichkeit nicht vollständig würdig; denn wie sehr er auch durch kriegerische Tapferkeit sich auszeichnete — er brachte Trojas Säule zu Falle, den Kyknus tödtete er, Poseidons Sohn, sowie der Eos Sprößling, Memnon[1]) —, so hatte er doch nicht immer als δίχαιος gelebt; seine μῆνις hatte ihn öfter zu ungerechtem Handeln hingerissen. Daher sind Bitten nöthig; Zeus läßt sich durch sie bewegen. (Man denkt hier an die Homerischen Liten, die Schwestern der Ate; Il. IX, 502 ff.) Ueber das Loos der πάμπαν δίχαιοι ist nicht erst zu entscheiden: sie werden eben für ihr frommes Leben mit dem Elysium belohnt. Derjenige aber, welcher sie dorthin geleitet, oder wenigstens den Weg dorthin antreten heißt und ihnen zeigt, ist Zeus; daher v. 77 von der ὁδὸς Διός geredet wird; vgl. Schol.: Διὸς δὲ ὁδόν, τὴν ὑπὸ Διὸς δεδειγμένην αὐτοῖς. Nach Hes. W. u. T. 169 ff. weist Zeus den Heroen die Wohnsitze am Ende der Erde an, auf den νῆσοι μαχάρων, wo Kronos herrscht. Hier führt Thetis, die göttliche Mutter, selbst den Sohn ins Elysium, nachdem sie Zeus durch Bitten überredet. Demnach erscheint es geboten, da Zeus' Machtgebiet die Oberwelt ist, das letzte, dritte Leben der Menschen auf der Erde schließen zu lassen; nehmen wir dies aber an, so ist überhaupt nur von einem dreimaligen, auf das Diesseits und Jenseits vertheilten Leben die Rede, so daß der Mensch zweimal auf der Erde und einmal zwischen den beiden irdischen Lebensperioden sich im Orkus befindet; es finden dann nicht drei, sondern nur zwei Seelenwanderungen Statt. Vgl. Fr. thren. 4; Tafel und Mommsen. Die ὁδὸς Διός, auf welcher die Frommen zur Kronosveste wallen, geht also von der Erde aus; von einer καταιβασίη für die seligen Götter ins Elysische Gefilde redet Quint. Smyrn. XIV, 224 ff.; diese führt selbstverständlich vom Olymp, dem Göttersitze, aus. Auf diesem Wege pflegt wohl auch Zeus zu wandeln, wenn er den ihm wiederversöhnten Vater im Elysium begrüßen will (die Versöhnung trat ein, als er die von ihm gefesselten Titanen selbst wieder von ihren Banden löste; P. IV, 291. Fr. hymn. 6). Wäre die ὁδὸς Διός in O. II der zuletzt bezeichnete Weg, wie Clausen, Theologum. Pind. Lyr. Progr. Elberfeld p. 9 annimmt, so müßten die Seelen von der Erde erst in den Olymp wandern und von da ins Elysium; eine Vorstellung, welche sich nicht empfiehlt.

v. 84: πάρεδρος des Kronos ist Rhadamanth. Von einer richterlichen Thätigkeit Beider, oder auch nur des Rhadamanth kann nach den obigen Erörterungen nicht die Rede sein. Die Worte: βουλαῖς ἐν ὀρθαῖσι haben einige Ausleger zu solcher Auffassung verleitet; sie sehen in Rhadamanth den elysischen Richter, und da er πάρεδρος Κρόνῳ genannt wird, legen sie auch dem Kronos diese Thätigkeit bei; denn als König kommt ihm auch die richterliche Gewalt zu; so z. B. Tafel. Worüber richtet Rhadamanth? über die Aufnahme ins Elysium? Aber Zeus hat ja, wenn ich so sagen soll, bereits darüber entschieden. Ist Rhadamanth Richter, so muß ihm auch zustehen, vom Elysium auszuschließen: davon ist aber nirgends die Rede. Also an einen Richter Rhadamanth im Elysium ist nicht zu denken; steht doch dieser Auffassung auch die Vorstellung der Griechen aller Zeiten entgegen, daß nämlich alles Gericht über Todte im Hades stattfindet. Nitzsch sagt in seinen Anmerk. zu Homers Odyssee Thl. 3, S. 317: „Niemals ist ein auf den Inseln der Seligen oder im Elysium lebender Heros von den Griechen mit dem eigentlichen Amte eines Todtenrichters behelligt worden, wie es Minos und Rhadamanthys oder Aeakus bei Späteren im Hades besitzen." Und auch die Worte des Dichters selbst führen nicht dazu, wenn man sie mit ὅρμοισι τῶν χέρας ἀναπλέχοντι καὶ κεφαλάς

---

1) Auch J. IV, 87 ff. zählt der Dichter jene drei, Kyknus, Hector, Memnon, als Opfer der Achilleischen Tapferkeit auf; J. VII, 54 ff. Memnon und Hector.

verbindet. In einem herrlichen Bilde, welches dem Dichter der Epinikien nahe liegt, werden die Gerechten, welche nach einem dreimaligen frommen Leben zu den Inseln der Seligen kommen, mit Siegern in den Wettkämpfen verglichen und Kronos und Rhadamanth mit den Preisrichtern, welche die Kränze zuerkennen. Also das Königs=Gericht, dessen richtigen Rath und gerechten Sinn der Beisitzer Rhadamanth repräsentirt, krönt nur mit Kränzen Hände und Haupt der ins Elysium Eintretenden, vgl. Nitzsch a. a. O.

Was nun die Pindarische Lehre vom Leben nach dem Tode im Allgemeinen betrifft, so ist das Streben des Dichters nicht zu verkennen, von der alten Volksreligion, wie sie im Homer erscheint, ausgehend, seinem Volke, denn für dieses dichtet er, eine Unsterblichkeitslehre zu schaffen, welche, durch Orphisch=Pythagoreische und Eleusinische Elemente veredelt, mit einem tröstlicheren und sittlich wirksamen Inhalte ausgestattet ist[1]). Die Homerische Vorstellung vom Jenseits beruhigt des Menschen Seele nicht über ihr Schicksal nach dem Tode; sie erfüllt im Gegentheil mit Bangigkeit und Zagen: die Menschen werden im Tode unglücklich, nicht etwa wegen der im Jenseits sie treffenden Strafen (bestraft werden blos die Meineidigen [Hom. Il. III, 279]; aber nicht in Folge eines über sie in der Unterwelt gehaltenen Gerichts, sondern gemäß der schon in der Oberwelt von den Göttern über sie verhängten Verdammung), sondern weil sie nach dem Tode aufhören, selbstbewußte Persönlichkeiten zu sein, weil sie wesenlose Gespenste, nichtige Schemen werden[2]). Der vernichtende, grause Tod sendet dem Hause des in einförmiges Dunkel gehüllten Hades ein nichtiges $\varepsilon\check{\iota}\delta\omega\lambda o\nu$, welches erst durch Bluttrinken auf kurze Zeit das Bewußtsein wiedergewinnen kann. Darum klammert sich der Mensch der Homerischen Zeit mit aller Kraft an das Diesseits; hier allein ist Freude; im Lichte wünscht er zu sein, wie Achill spricht im Orkus: $Bo\nu\lambda o\acute{\iota}\mu\eta\nu$ x' $\dot{\varepsilon}\pi\acute{\alpha}\varrho o\nu\varrho o\varsigma$ $\dot{\varepsilon}\grave{\omega}\nu$ $\vartheta\eta\tau\varepsilon\nu\acute{\varepsilon}\mu\varepsilon\nu$ $\check{\alpha}\lambda\lambda\omega$, — $\mathring{\eta}$ $\pi\tilde{\alpha}\sigma\iota\nu$ $\nu\varepsilon\kappa\acute{\nu}\varepsilon\sigma\sigma\iota$ $\kappa\alpha\tau\alpha\varphi\vartheta\iota\mu\acute{\varepsilon}\nu o\iota\sigma\iota\nu$ $\dot{\alpha}\nu\acute{\alpha}\sigma\sigma\varepsilon\iota\nu$ (Hom. Od. XI, 488—492). Diesen trostlosen Zustand des Menschen beseitigen die Mysterien, welche Pelasgischen, also vorhomerischen Ursprungs im Hellenischen Zeitalter, da der Grieche seinen Göttern sich möglichst näherte, da er sie sich klar darstellte, zurückgedrängt, später aus der Abgeschiedenheit, in welcher sie sich zu Geheimculten ausgebildet hatten, wieder hervorgeholt wurden, weil man in den zu sehr an die Aeußerlichkeit gezogenen Gottheiten der Homerischen Zeit keine Befriedigung mehr fand.[3]). Die neuen Ideen der Unsterblichkeit und einer Vergeltung nach dem Tode entnahm man aus ihnen und legte sie der alten Volksreligion unter. Pindar ist es eben, welcher derartige Elemente in die Litteratur gebracht hat; es findet sich in diesem Gedichte Homerisches, Orphisches und Eleusinisches verschmolzen: der Frommen Seligkeit ist Eleusinisch; die Metempsychose, die Palingenesie ist Orphisch=Pythagoreisch; die Inseln der Seligen und ihre Bewohner gehen auf Homerische Vorstellungen zurück[4]). Das Dunkel des Homerischen Hades ist der immer gleichmäßig leuchtenden Sonne bei Pindar gewichen[5]); in dieser leben die Frommen, die Gottlosen im Dunkel des Erebus[6]); alle Todten aber sind im Besitze ihres Bewußtseins, denn die Seele

---

1) Nägelsbach, Nachhom. Theolog. S. 405 ff.

2) Nägelsbach a. a. O. S. 397 ff.

3) Lübker, Reallexic. S. 649.

4) Nägelsbach a. a. O. S. 407.

5) Nach Böckh, Explicc. p. 130 liegt dieser Vorstellung vielleicht die den $\dot{\alpha}\nu\tau\acute{\iota}\chi\vartheta\omega\nu$ immer erhellende Centralsonne der Pythagoreer zu Grunde.

6) Zu vergleichen ist Fr. thren. 1, in welchem von den Seelen der Verruchten gesagt wird: Sie fahren in den Schlund des Erebos hinab, wo die trägschleichenden Ströme der finstern Nacht verpestenden Qualm aushauchen. S. Böckh.

ist unsterblich; ein Glaube, welcher dem Dichter auf der Ueberzeugung fußt, daß dem Menschen ein Göttliches, Ewiges innewohnt (Fr. thren. 2). Noch weit mehr aber erfüllt mit Trost die Aussicht auf das selige Leben im Hades oder Elysium, welches der Dichter seinem Volke eröffnet. Allerdings stellt er dem Menschen ein strenges Gericht, in welchem die Todten zu Lohn und Strafe geschieden werden, in Aussicht, lehrt überhaupt eine ganz allgemeine Bestrafung alles irdischen Frevels, verheißt den Gottlosen schreckliche Pein: aber mit um so glänzenderem Farbenschmucke malt er die Freude und Wonne, welche im Jenseits die Frommen erwartet. Diese Lehre, wie sie tröstet in dem leidenvollen Erdendasein, enthält auch ein treibendes bildendes Moment; sie zwingt den Sterblichen auf die Bahn der Sittlichkeit, insofern sie als erste und einzige Bedingung für den Eingang in das selige Jenseits den sittlich-religiösen Lebenswandel hinstellt. Also bei Homer im Orkus Finsterniß für Alle; bei Pindar ewiges Sonnenlicht für die Frommen, Nacht für die Gottlosen; dort Fortdauer der ψυχή, des materiellen Lebensprincips, hier Fortleben der unsterblichen Seele; dort besinnungsloses Sein, hier Existenz mit Bewußtsein; dort freudloses Leben, hier müheloseres, thränenloses Dasein; dort das Elysium zugänglich nur den Lieblingen und Verwandten des Zeus (Od. XI, 42), hier allen denen erschlossen, welche in einem dreimaligen Leben oben und unten ganz von Schuld und Fehle ihre Seele fern zu halten vermochten; dort Furcht und Schrecken vor dem Jenseits, alleinige Befriedigung im Diesseits, hier sehnsüchtiges Verlangen nach Erlösung aus dem Erdenleben, da ein besseres Dasein winkt. — Das ist Pindars trostreiche Lehre vom Leben nach dem Tode, zugleich in ihren Consequenzen für das irdische Dasein, wie sie sich auf Homerischer Grundlage gebildet hat durch die Mysterien. Dreimal selig also jene Sterblichen, heißt es bei Soph. fr. 719 Ddf., welche diese Weihen geschaut haben, wenn sie zum Hades hinabgehen. S. Pind. Fr. thren. 8. Isocrat. Panegyr. § 28.

Wenn nun Pindar vom Theron sagt, er lebe eingedenk der Zukunft, wie er sie auf Grund der Mysterien nachher entwickelt, so müssen wir annehmen, daß der Agrigentinische Herrscher, an diese anknüpfend, seine Ueberzeugungen über den Zustand der Seele ausgebildet hatte. Vgl. L. Schmidt a. a. O. S. 229.

In v. 96 ist handschriftlich überliefert γαρύετον. Böckh, Dissen, Rauchenstein beziehen den Dual nach den Scholien auf Pindars Nebenbuhler an Hierons Hofe, Simonides und Bacchylides. Tafel faßt den Dual ebenfalls im eigentlichen Sinne, läßt aber die specielle Beziehung auf die genannten Dichter nicht gelten; denn es könne nicht angenommen werden, daß Pindar zwei Männer, welche bei ihren Landsleuten in so hoher Achtung standen, in dieser Weise geschmäht habe. Er faßt also die Worte von σοφός bis θεῖον als allgemeine Sentenz, mit welcher eine specielle Beziehung gemischt sei. Die σοφοί seien die συνετοί, die μαθόντες der große Haufe: aus dieser Menge nehme der Dichter zwei Leute heraus, welche seine Kunst irgendwie, vielleicht wegen Unverständlichkeit und Dunkelheit seiner Dichtungen getadelt hätten. Thiersch in seiner Ausgabe und Friederichs, Pind. Stud. S. 10 und 11 nehmen an, der Dual vertrete den Plural, und zwar ist Pindar nach des Letztern Ansicht durch das metrische Bedürfniß zur Vertauschung der Numeri veranlaßt worden, welche auch in der älteren Gräcität zuweilen vorkommen (er verweist auf die Grammatiken von Krüger und Buttmann[1]). Nach ihm reden die Worte ganz allgemein von den Nebenbuhlern des Dichters. Thiersch

---

[1] Beispiele für den pluralischen Gebrauch des Duals eines Verbs finden sich vereinzelt im epischen Dialect. In verschiedenen der von Krüger und Buttmann citirten Stellen ist der Dual wohl begründet: Hom. Il. IV, 453 werden die beiden streitenden Heere mit Wasserströmen verglichen, welche von zwei Seiten kommen; Il. VIII, 185 ist von zwei Paaren oder Kuppeln von Pferden die Rede; Il. IX, 182 ist der Dual veranlaßt durch die Zerlegung der

findet Pindars Gegner nicht unter den lyrischen Sängern, „welche mit ihm in trauter Vereinigung (O. I, 16 u. 17) zum gastlichen Heerde wallen und dort oft in einträchtiger Tafelrunde der Dichtung Blume brechen", sondern unter dem Hofgesinde Hierons, aus welchem er einzelnen Schmeichlern das Ohr lieh. Andere Ausleger nehmen ihre Zuflucht zur Emendation, so schon Dawes, welchem Heyne folgt: er schreibt $\gamma\alpha\rho\upsilon\acute{\varepsilon}\mu\varepsilon\nu$ und läßt den Infinitiv von $\mu\alpha\vartheta\acute{o}\nu\tau\varepsilon\varsigma$ abhängen. Doch eine so verworrene Wortstellung ist dem Dichter nicht zuzumuthen, weshalb auch wohl Grumme (p. 46), welcher diese Emendation wieder aufgenommen hat, $\lambda\acute{\alpha}\beta\rho o\iota\ \gamma\alpha\rho\upsilon\acute{\varepsilon}\mu\varepsilon\nu$ construirt; $\mu\alpha\vartheta\acute{o}\nu\tau\varepsilon\varsigma$ ist Gegensatz zu $\acute{o}\ \pi o\lambda\lambda\grave{\alpha}\ \varepsilon\grave{\iota}\delta\grave{\omega}\varsigma\ \varphi\upsilon\tilde{\alpha}$; dem $\sigma o\varphi\acute{o}\varsigma$ stehen die $\lambda\acute{\alpha}\beta\rho o\iota\ \gamma\alpha\rho\upsilon\acute{\varepsilon}\mu\varepsilon\nu$ gegenüber; in beiden Sentenzen fehlt die Copula. Indeß $\gamma\alpha\rho\upsilon\acute{\varepsilon}\mu\varepsilon\nu$ würde man nicht in $\gamma\alpha\rho\acute{\upsilon}\varepsilon\tau o\nu$ verwandelt haben. — Mommsen p. 34 u. 35 empfiehlt, für $\gamma\alpha\rho\acute{\upsilon}\varepsilon\tau o\nu$, welcher Dual nach dem Plural $\mu\alpha\vartheta\acute{o}\nu\tau\varepsilon\varsigma$ nicht zu halten sei, $\gamma\alpha\rho\acute{\upsilon}\varepsilon\tau\alpha\iota$ (Medium) zu schreiben und nach dem Schema Pindar. mit $\mu\alpha\vartheta\acute{o}\nu\tau\varepsilon\varsigma$ zu verbinden; $\mu\alpha\vartheta\acute{o}\nu\tau\varepsilon\varsigma$ sei collectiv totum genus sciolorum. Dann hätte der Dichter gegen den Gebrauch[1] das Nomen vorangestellt und das Verbum folgen lassen, was nur durch O. X, 6: $\ddot{\upsilon}\mu\nu o\iota\ \tau\acute{\varepsilon}\lambda\lambda\varepsilon\tau\alpha\iota$ gestützt würde, wenn man nicht die Verbindung von $\tau\acute{\varepsilon}\lambda\lambda\varepsilon\tau\alpha\iota$ mit dem folgenden $\check{o}\rho\kappa\iota o\nu$ vorzieht; denn P. X, 71 lesen wir: $\kappa\varepsilon\tilde{\iota}\tau\alpha\iota\ \kappa\upsilon\beta\varepsilon\rho\nu\acute{\alpha}\sigma\iota\varepsilon\varsigma$; ebenso ist P. IV, 246, wo nach Mommsen $\tau\acute{\varepsilon}\lambda\varepsilon\sigma\varepsilon\nu$ zu schreiben, das Verbum vorangestellt. Nach dem allgemeinen Sprachgebrauche ist das Verbum eine Form von $\varepsilon\check{\iota}\nu\alpha\iota$ ($\tilde{\eta}\nu$ oder $\check{\varepsilon}\sigma\tau\iota\nu$); so bei Hesiod, welcher in der Theogonie v. 321 das älteste Beispiel für diese Figur liefert, bei Sophocles und Aristophanes; nur Eur. Bacch. 1320 sagt: $\delta\acute{\varepsilon}\delta o\kappa\tau\alpha\iota\ \tau\lambda\acute{\eta}\mu o\nu\varepsilon\varsigma$ $\varphi\upsilon\gamma\alpha\acute{\iota}$. Gewöhnlich bilden Plurale sachlicher Gegenstände das Subject, nicht Personen. — Die Verbindung $\mu\alpha\vartheta\acute{o}\nu\tau\varepsilon\varsigma\ \gamma\alpha\rho\acute{\upsilon}\varepsilon\tau o\nu$ ist aber durchaus nicht auffallend, wenn $\mu\alpha\vartheta\acute{o}\nu\tau\varepsilon\varsigma$ als Bestimmung zu dem in $\gamma\alpha\rho\acute{\upsilon}\varepsilon\tau o\nu$ liegenden Subjecte gefaßt wird; denn die Erscheinung ist sehr gewöhnlich, daß sich dem Dual eines Verbs das Particip oder Prädikat im Plural anschließt.

Daß der Dichter die fraglichen Worte in großer Erregtheit singt und eine scharfe, schneidende Polemik hineinlegt, geht aus v. 99 hervor: $\acute{\varepsilon}\kappa\ \mu\alpha\lambda\vartheta\alpha\kappa\tilde{\alpha}\varsigma\ \alpha\tilde{\upsilon}\tau\varepsilon\ \varphi\rho\varepsilon\nu\grave{o}\varsigma\ \varepsilon\grave{\upsilon}\kappa\lambda\acute{\varepsilon}\alpha\varsigma\ \ddot{o}\ddot{\iota}\sigma\tau o\grave{\upsilon}\varsigma\ \acute{\iota}\acute{\varepsilon}\nu\tau\varepsilon\varsigma$. Jetzt will er — dies hat er auch vorher gethan — aus wieder beruhigter Seele Geschosse senden, welche Ruhm bringen; also muß er vorher in Aufregung gesprochen und einen Pfeil abgeschossen haben, welcher $\delta\upsilon\sigma\kappa\lambda\varepsilon\acute{\eta}\varsigma$ ist. Die beiden Männer aber, welche dieses feindliche Geschoß trifft, können keineswegs zwei beliebige Individuen aus der Menge sein oder zwei von den Höflingen Hierons; denn für solche paßt das Prädikat $\mu\alpha\vartheta\acute{o}\nu\tau\varepsilon\varsigma$ nicht; $\mu\alpha\vartheta\acute{o}\nu\tau\varepsilon\varsigma$ im Gegensatze zu $\acute{o}\ \pi o\lambda\lambda\grave{\alpha}\ \varepsilon\grave{\iota}\delta\grave{\omega}\varsigma\ \varphi\upsilon\tilde{\alpha}$, welche Worte die Erklärung zu $\sigma o\varphi\acute{o}\varsigma$ geben, kann nur auf Dichter bezogen werden. Demnach bezeichnet $\sigma o\varphi\acute{o}\varsigma$ nicht dieselben Personen wie $\sigma\upsilon\nu\varepsilon\tau o\acute{\iota}$; diese sind ein kleiner Theil der Menge, Zuhörer, welche ein tieferes Verständniß für Poesie haben, $\sigma o\varphi\acute{o}\varsigma$ aber ist der Dichter, dessen Köcher mit erhabenen, für den Haufen dunkeln Gedanken gefüllt ist. Wie der Dichter $\sigma o\varphi\acute{o}\varsigma$ genannt ist,

an Achill Abgesandten in zwei Gruppen, welche der Dichter durch $\mu\acute{\varepsilon}\nu$ — $\delta\acute{\varepsilon}$ markirt. Od. VIII, 48 ist $\beta\acute{\eta}\tau\eta\nu$ nur auf $\delta\acute{\upsilon}\omega$ zu beziehen, worunter nach Nitzsch und Ameis die beiden Hauptpersonen der Bemannung, Schiffscapitain und Steuermann, zu verstehen sind. Und wenn man auch Frieder. vielleicht darin Recht giebt, daß es sehr gekünstelt erscheinen würde, im Hymn. in Apoll. 452 ff. den Dual $\mathring{\eta}\sigma\vartheta o\nu$ auf die zwei Reihen der Ruderer zu beziehen, wie Dissen zu unserer Stelle und Kühner, Gr. Gr. § 427, 1 thun — denn man müßte einen fortdauernden Wechsel der Anschauungen annehmen —, daß also hier der Dual in pluralischem Sinne zu fassen sei, so folgt daraus für unsere Stelle nichts; denn dort steht der Dual zwischen lauter Pluralen, mit welchen er das gleiche Subject hat, bei Pindar steht er ganz allein; in jenem Hymnus hat vielleicht das Metrum die Vertauschung der Numeri veranlaßt.

    1) Krüger, Gr. Synt. § 63, 4, 4; Matthiä, Gr. Gr. § 303, 2; Dindorf, Anm. zu Soph. Trachin. 502, wo $\tilde{\eta}\nu$ $\kappa\lambda\acute{\iota}\mu\alpha\kappa\varepsilon\varsigma$ wohl durch das vorhergehende $\mathring{\eta}\nu\ \pi\acute{\alpha}\tau\alpha\gamma o\varsigma$ veranlaßt ist.

— ein bei Pindar nicht seltener Gebrauch —, müßten die μαϑόντες ἄσοφοι sein; dann wären beide Gedanken allgemein gehalten; der Dichter giebt aber dem zweiten eine specielle Beziehung, und so erhält sie auch der erste; zugleich aber motivirt er durch ἄκραντα γαρυέτον den Angriff auf die Beiden. Der σοφός ist Pindar, welcher in stolzem Selbstgefühl, im Bewußtsein seiner Ueberlegenheit sich als „urkräftigen, reichen Genius, dessen Schätze nicht Jeder zu fassen vermag" (Bernhardy, Gr. L. Thl. II, S. 528), den Beiden gegenüberstellt, welche nur Gelerntes wissen. Man zweifelt, ob die μαϑόντες, wie die Scholien angeben, Simonides und Bacchylides seien, oder zwei beliebige andere Dichter, vielleicht zwei Nebenbuhler Pindars in einem von Hieron veranstalteten Wettkampfe (L. Schmidt S. 223). Von dem letztern wissen wir nichts; wohl aber ist bekannt, daß jene beiden Lyriker, namentlich Bacchylides, von Eifersucht auf Pindars Ruhm erfüllt waren; es läßt sich danach wohl annehmen, daß sie bemüht waren, denselben zu schmälern, vornehmlich auch sein Verhältniß zu Hieron anders zu gestalten. Was konnten sie da Zweckmäßigeres thun, als seine Poesie einer beißenden Kritik unterwerfen? Daß aber auch Simonides dergleichen unliebsamen Urtheilen nicht fern gestanden hat, scheint die Notiz des Scholiasten zu O. IX, 74 anzudeuten: Σιμωνίδης ἐλασσωϑεὶς ὑπὸ Πινδάρου λοιδορίας ἔγραψεν.

Wenn Thiersch zur Beurtheilung des Verhältnisses Pindars zu den Syracusanischen Hofdichtern aus O. I, 16: οἷα παίζομεν, welche Worte allerdings auf ein gemüthliches Beisammensein hinweisen, den Schluß zieht, daß unter diesen seine Gegner nicht zu suchen seien, so ist zu entgegnen: daraus, daß Pindar Ol. 77, 1 — in diesem Jahre hatte er die erste Olympische Ode verfaßt, nachdem er auf Hierons wiederholte Einladung nach Sicilien gekommen war — freundlich mit jenen Hofpoeten verkehrte, folgt noch nicht, daß sein Verhältniß zu ihnen ein oder mehrere Jahre früher dasselbe war; seine Stimmung konnte im Laufe der Zeit eine weniger gereizte geworden sein, sie konnte sich durch den persönlichen Verkehr mit jenen Männern bedeutend gebessert haben. Uebrigens läßt sich schon daraus, daß Pindar nur kurze Zeit am Syracusanischen Hofe verweilte, abnehmen, daß er sich hier nicht wohl und heimisch fühlte, ohne Zweifel in Folge der Eifersucht der beiden Genannten und der Ränke fürstlicher Schmeichler, welche ihm die Wirksamkeit vielfach beschränkten. — Welches aber das Object des Angriffes der beiden Nebenbuhler war, lehrt der Zusammenhang: das Einmischen von Fremdartigem, wie sie meinten, wozu Pindar in der Begeisterung sich fortreißen lasse, und die hierdurch bewirkte Dunkelheit seiner Gedanken; und zwar weist die große Erregtheit des Dichters darauf hin, daß er wohl kurz vor Abfassung der zweiten Olympischen Ode Kunde von dieser Kritik erhalten hatte, vielleicht durch Theron selbst; Pindar benutzt die erste Gelegenheit, die tadelnden Aeußerungen jener Männer gebührend zurückzuweisen. Er verweist sie unter den großen Haufen; ihm gegenüber sind sie μαϑόντες, sind sie Raben, welche unnützer Weise großes Geschrei erheben gegen den Adler, dem sie doch nichts anhaben können. Das Attribut μαϑών paßt für Bacchylides weit mehr, als für seinen Oheim (s. die Charakteristik bei Bernhardy, Gr. L. Thl. II, S. 517); denn was Genie und Leistungen des Simonides, des so vielseitigen und gefeierten Dichters, betrifft, so steht er Pindar ziemlich gleich, weit über seinem Neffen; doch auch er bleibt durch den Mangel der tiefen religiösen Bildung, welche Pindar vollständig durchdringt, mit hoher Begeisterung erfüllt und seinen Dichtungen jene wunderbare Wärme des Gefühls, jenes hohe Pathos verleiht, weit hinter dem größten Lyriker zurück: es fehlt ihm die Gedankentiefe und der erhabene Flug Pindars. Ich finde daher den Ausdruck μαϑόντες in Pindars Munde nicht zu stark; von einer Ueberhebung kann nicht die Rede sein; die allgemeine Haltung des Gedankens (σοφὸς ὁ π. εἰδ. φ.) und die vergleichende Ausdrucksweise nehmen dem Lobe, welches er sich hier spendet, das Anstößige.

Die Gegenüberstellung des Adlers und niederer Vögel liebt der Dichter; auch N. III, 80 ff. nennt er sich αἰετός (ὠκύς), die Lyriker damaliger Zeit κολοιοὶ κραγέται: sie suchen ihre Nahrung in den Niederungen; mit beschränktem Gesichtskreise also dichten sie ohne genialen Schwung; die specielle Beziehung auf Bacchylides, wie die Scholien wollen, ist in einem an einen Aegineten verfaßten Gedichte nicht am Platze. P. V, 104 u. 105: Arkesilas überragt an Selbstvertrauen Andere wie der Adler die Vögel; vgl. P. I, 6. IV, 4: αἰετὸς Διός.

Schulnachrichten

von Ostern 1869 bis Ostern 1870.

I. Lehrverfassung.

A. Uebersicht der in den Klassen behandelten Pensa.

Prima.

Die Klasse war im lateinischen Stil und in der lateinischen Prosa in zwei Abtheilungen getrennt.

Ordinarius für Ober-Prima: der Director, für Unter-Prima: Oberlehrer Schötensack.

1) Religion. 2 St. Im Sommer: kurze Besprechung der Hauptlehren des christlichen Glaubens. Dr. Leist. Im Winter: Leben Pauli; kurzer Ueberblick über den Gedankengang der paulinischen Briefe, Repetition der Unterscheidungslehren der römischen, reformirten und lutherischen Kirche. Erklärung des Römerbriefes nach dem Grundtexte. Holzweißig.

2) Deutsch. 3 St. Monatlich ein Aufsatz, Uebungen im Vortrage und Disponiren, sowie im Declamiren; Literaturgeschichte v. 1300—1725 nach Viehoff. 2 St. Schrader.

Philosophische Propädeutik. Lectüre: Schiller, über die ästhetische Erziehung des Menschen. Göthe, Iphigenie. 1 St. Krahner.

3) Latein. 8 St. a. Oberprima: Cicero, de nat. deor. I. und II.; Tacit. Germania, erste Hälfte. 3 St. Extemporalien und Stilübungen, alle 14 Tage ein Exercitium, halbjährlich vier Aufsätze. 2 St. Krahner. b. Unterprima: Prosalectüre: Cic., Tusc. Disp. L. I. und einen Theil des 2. Buches. 3 St. Extemporalien und Stilübungen, alle 14 Tage ein Exercitium, außerdem Aufsätze. 2 St. Schötensack.

c. Vereinigte Klasse: Poetische Lectüre: Hor. Od. III. und IV., Carm. Saec., Sat. I. 1. und 6. und Epoden mit Auswahl. Mehrere Oden wurden ganz oder zum Theil auswendig gelernt. 3. St. Schrader. (Eine außerordentliche Stunde wurde wöchentlich benutzt zu cursorischer Lectüre aus Sallust, bell. Jug. und Livius, Buch 9. Privatim wurde gelesen aus Homer, Horat., Liv., Cicero, Sophocles.

4) Griechisch. 6 St. Prosa-Lectüre: Thucyd. I, 1—67; außerdem wurde alle 14 Tage ein Exercitium bearbeitet, daneben noch Repetitionen angestellt über die schwierigeren Punkte der griechischen Syntax. 3 St. Schötensack.

Poetische Lectüre: Homer, Il. 18—24; Sophocles, Oed. T. 3 St. Krahner.

5) Französisch. 2 St. Gelesen wurde Paganel, histoire de Frédéric le Grand bis p. 140. Alle 14 Tage wurde ein Exercitium bearbeitet, bei dessen Zurückgabe die wichtigsten Regeln der französischen Sprache zur Erörterung kamen.

6) Geschichte und Geographie 3 St. Die Geschichte der neueren Zeit von der Refor-